*The **Song** of the Storm*

Ich bin der Sturm. Wenn ich über die Wellen tanze, tanzen die Möwen, tanzen die Morgennebel, tanzt die See. Ich reiße die kleinen Fischerboote empor, dass die Augen der Menschen darin groß werden wie feucht glänzende Perlen. Meine sanfte Schwester wird kommen, das Boot auffangen und es sacht auf die Wellen zurücksetzen. Ein Riff nur, ein Strudel, ein Sog – dann sinkt es doch. Hinab in die Dunkelheit des Ozeans.

Wenn ich über das Eiland tanze, tanzen die Blätter, tanzen die Schindeln. Die Bäume biegen sich und wenn sie alt sind, fallen sie. Meine sanfte Schwester wird kommen, den Baum auffangen, und das Menschenkind, das darunter spielt, wird weiter wachsen. Ein Hauch nur, ein Wispern, ein Traum – dann stirbt es doch. Alt, gebeugt und grau wie die knorrige Eiche, von der sie einst verschont wurde.

Warum verschonst du die Menschen nicht, singt meine Schwester.

Warum dauern sie dich, singe ich.

Weil ich sie liebe, singt sanft meine Schwester, denn sie haben ein Herz. Komm mit, Sturmschwester, ich zeige es dir.

Ich umfange meine Schwester, ziehe sie hinaus auf die offene See, hin zum Felsen der Windgeister, zu den Orgelfelsen, zu unserem Felsen, wo die Brandung an den Klippen zerschellt. Sie entwindet sich mir, ich lasse sie gewähren.

song Lied

Storm sister, wild sister, sing **me** a song
Of the beautiful island to which I **belong.**
You take a **deep breath** and it **blows me along,**
This **passionate beauty** can **never** be wrong.

Ein Mensch singt, ein Mann. Singt lauter als ich. Ich reiße an seinem Haar und verstehe: Er hat ein Menschenherz.

Ich tanze, es tanzen die Kleider, es tanzen die Segel und reißen, es tanzt die See. Meine sanfte Schwester wird kommen, den stürzenden Mast auffangen, das Schiff in den Hafen bringen, das Haar des Mannes glätten.
Nein, Schwester, nein. Lass den Menschenmann.
Und tanz mit mir.

me mir
belong gehöre
deep tiefen
breath Atemzug
blows bläst
me mich
along neben dir her
passionate leidenschaftliche
beauty Schönheit
never nie

A Visitor

Mein Name ist Gwenny. Ich bin zwölf Jahre alt und lebe mit meiner Ziehmutter Nurinai in einer Fischerhütte in einer kleinen Bucht. Alles was wir von hier aus sehen können, sind das weite Meer und der Königspalast von Windhag. Meine Freunde sind die Möwen und die Schildkröten, die Fische, Falter und Schmetterlinge. Wir leben hier ganz allein. Nur manchmal kommt ein Mann mit einem langen, grauen Bart. Er bringt einen Jungen mit. Wenn sie hier sind, schickt Nurinai mich hinaus. Auch der alte Mann schickt den Jungen hinaus. Der Junge heißt Ravi; er hat mir einmal im Streit ein Büschel Haare ausgerissen und deshalb mag ich die beiden nicht besonders.

Die Kinder von Windhag sagen, dass ich seltsam bin. Ich spreche selten mit ihnen. Aber Nurinai sagt, dass ich wie meine Mutter bin und auch ein wenig wie mein Vater. Ich weiß nicht, wer meine Eltern sind, aber etwas von ihnen in mir zu tragen, macht mich froh.

visitor Besucher

Manchmal stelle ich mir vor, dass meine Eltern Könige in einem fernen Land sind und eines Tages kommen und mich mitnehmen werden. Dann wieder glaube ich, dass sie bei einem Schiffsunglück ins Meer gefallen sind und ihre schweren Kleider sie unter Wasser gezogen haben. Und weil Menschen keine Fische sind, sind sie ertrunken. Aber dann ist das Meervolk gekommen und

der König des Meervolkes hat meine Eltern zu sich eingeladen, und so leben sie jetzt in seinem Palast und schicken mir und Nurinai manchmal die schönsten Fische in unsere Netze. Und Muscheln mit kleinen Perlen darin.
Leider können sie keine Schokolade schicken. Ich habe nämlich erst ein einziges Mal in meinem Leben Schokolade bekommen. Sie war so unglaublich schrecklich gut, dass ich am liebsten immer Schokolade essen möchte. An jedem Tag des Jahres.
Der Tag, an dem ich zum ersten und einzigen Mal Schokolade bekommen habe, war der Tag, an dem ich meinen König mit den traurigen Augen das erste Mal aus der Nähe gesehen habe – den König von Windhag, der in dem Palast hoch über unserer kleinen Bucht wohnt. Wir sind nur einfache Fischer und haben im Königspalast nichts verloren, sagt Nurinai immer. Dass ich den König trotzdem leibhaftig gesehen habe, kam so: Nurinai hatte etwas im Palast abzugeben (Ja, tatsächlich! Nur was, das hat sie mir nie erzählt.) und ich habe derweil im Palastgarten gespielt. Dieser Garten ist einer der sonderbarsten Orte, die ich je gesehen habe. Überall hängen Windspiele in den Bäumen, wispern, klingen, rascheln. Ein ganzer Wald aus Geräuschen.
Ich stand so in Gedanken versunken, dass ich ihn nicht kommen hörte, als er neben mich trat. Aber als er zu sprechen begann, habe ich mich von dem Windspiel losgerissen, vorsichtig unter meiner Kapuze hervorgelugt und erkannt, wer da neben mir stand: der König

selbst. Dass er es ist, habe ich sofort gewusst, denn sein Profil ist auf jede der kleinen Münzen geprägt, die Nurinai manchmal vom Markt mit heimbringt. Und außerdem sieht man es auch. Könige sehen einfach wie Könige aus und man erkennt sie gleich, wenn man neben ihnen steht. Zum Beispiel an ihren Kleidern, aber auch an den weichen, glatten Händen und der hellen Haut und dem Geruch nach Meer und Muskat und frischem Gras und an dem Siegelring an ihrem Finger.
"The wind is so beautiful", murmelte er, und ich weiß noch, dass ich mich kurz wunderte, dass er nicht in der Sprache seines Königreiches sprach, sondern in der meiner Ziehmutter Nurinai. Er ist der König, und Könige können alles und sie wissen alles, und vermutlich wusste er deshalb einfach, dass Nurinai und ich oft in dieser Sprache miteinander sprechen. Der Sprache meiner Mutter nämlich – so hat es mir Nurinai erzählt.
Ich mag Sprachen und lerne sie leicht. Wenn die großen Handelsschiffe aus fernen Ländern anlegen, dauert es nicht lange und ich verstehe, was die Matrosen sagen. Das ist einer der vielen Gründe, warum die anderen Kinder mich seltsam finden. Und weil ich "komisch" aussehe, wie sie sagen. Ich finde mich schön, so wie ich bin, und Nurinai findet es auch.
Ich erinnere mich genau, wie beeindruckt ich von meinem König war, und so habe ich andächtig genickt und in Gedanken versunken geantwortet: "It is more **than that**. I love the wind. I **even** love the storm.

than als
that das
even sogar

To me it is life **itself** – and your **wind chimes** give the wind **another kind** of **voice**. They are **like** friends."
Er lächelte, den Blick auf eines der wirbelnden Windspiele gerichtet, und zog etwas aus dem ledernen Beutel an seinem Gürtel: "Chocolate ... I **remember that** you always loved it, my **darling**."
Verwirrt nickte ich und obwohl ich nicht die geringste Ahnung hatte, an was er sich erinnern mochte, nahm ich die Schokolade aus seiner Hand und schob sie mir in den Mund. Während sich eine schwere Süße auf meinen Gaumen legte und mich schwindelig werden ließ vor Glück, beobachtete ich ihn aufmerksam aus dem Schatten meiner Kapuze heraus. Seine Augen habe ich nie vergessen. Kurz dachte ich, er würde schrecklich zu schimpfen beginnen, weil seine Augen funkelten. Aber dann erkannte ich, dass ungeweinte Tränen darin schimmerten wie tiefe Seen und dass Erstaunen in ihnen lag. Aber auch ein Lächeln und etwas wie Trauer und Fassungslosigkeit.
"We believe", murmelte er und schüttelte den Kopf, als würde er mehr über sich selbst als über mich – das kleine Mädchen mit der viel zu großen Kapuze – lachen, "we believe things we know can never be **real**. But we **still** believe in a happy **ending**. Believe that the wind will blow us **away**."

itself selbst
wind chimes Windspiele
another eine andere
kind Art
voice Stimme
like wie
remember erinnere mich
that dass
darling Liebling
real wirklich
still noch
ending Ende
away fort

Ich verstand nicht ganz, was er meinte, aber weil ich spürte, dass es die Antwort war, die ihn glücklich machen würde, nickte ich und lächelte und strich ihm in einer unbedachten Geste sanft über die Hand. Voll ungläubigem Staunen sah er zu mir herab und dann glitzerten wirklich Tränen auf seinem sanften Gesicht. Aber noch ehe ich ihn fragen konnte, warum er so traurig war, was es mit seinen Worten auf sich hatte und ob ich vielleicht noch ein Stück Schokolade haben könnte, schüttelte er den Kopf, wandte sich ab und verließ den Garten, ohne noch einmal zurückzuschauen.

Seitdem habe ich ihn so genannt: mein König mit den traurigen Augen.

Ich habe ihn vom allerersten Augenblick an geliebt. So sehr wie den Himmel und den Wind und die weite See.

Damals war ich fünf Jahre alt, und seit ich ihn im Garten getroffen habe, sehe ich seine Augen vor mir und schmecke die süße Schokolade auf meiner Zunge, wenn ich seiner Stimme lausche, die manchmal am Ende eines langen, arbeitsreichen Tages mit dem Abendwind vom Palast über die Bucht zu mir herüberweht.

So wie jetzt.

cruel grausame
trusted habe vertraut
once einmal
now jetzt
was wrong mich geirrt habe

"Storm sister, **cruel** sister, sing me a song
Of the beautiful island to which I belong.
You take a deep breath and it blows me along;
I **trusted** you **once**, **now** I know I **was wrong**.

breeze Brise
mild milde
ease lindere
all alle
pain Leiden
touch Berührung
gentle sanft
chain Kette
circles umkreist
heart Herz
endless endlosen
again wieder
Maiden Bay Mädchenbucht

"Gwenny? Gwenny! Wo bist du, Liebes?", klingt Nurinais Stimme aus dem kleinen Steingarten herüber, der sich hinter unserer Hütte an die Klippen schmiegt. Sie ist pünktlich wie immer vom Markt zurück. "Gwenny?" Ich antworte nicht. Noch nicht. Stattdessen lege ich mich in das sonnenwarme Moos der Felsen, beobachte träge, wie zwei große Schiffe mit dem königlichen Wappen vom Hafen her um die Landspitze kommen, wundere mich kurz über ein kleines Ruderboot, das ihnen folgt, und träume wie so oft davon, selbst hinauszufahren in die Welt. Und lausche weiter dem Lied des Königs:

Breeze sister, **mild** sister, **ease all** my **pain**,
So lovely your **touch**, and so **gentle** the **chain**
That **circles** my **heart** with an **endless** refrain:
Believe me, my love, I will see you **again**.

Manchmal träume ich, König Garolan singt sein Lied nur für mich. Und eines Tages wird er mich rufen lassen, und Nurinai, Garolan und ich werden gemeinsam fortgehen in jenes Land, das einst meine Heimat war: nach **Maiden Bay**. Und dort werde ich alle Rätsel meines Lebens lösen. Woher ich komme. Ob meine Eltern wirklich in einem Palast auf dem Grund der See Feste feiern.

Und warum ich hier allein mit Nurinai lebe. Vermutlich weiß Garolan nicht einmal, dass hier in den rauen Klippen überhaupt jemand lebt. Aber man darf träumen, sagt Nurinai. Und träumen, das kann ich wirklich gut.

Ich stehe oft am Kai in der Stadt oder beobachte von meinem bemoosten Klippenthron die Schiffe, die hinter der Landspitze verschwinden und im Hafen unterhalb des Palastes einlaufen. Was ich nicht verstehe, ist, dass mein König, der den Wind so liebt, schon seit vielen Jahren nicht mehr zur See gefahren ist. Zumindest sagen das die Fischer und die Möwen pfeifen es in der Brandung. Jetzt schweigen selbst die Möwen und lauschen seinem Lied:

Storm **maiden**, **lost** maiden, listen: I'm **near**,
My love and my **feelings** are all still **sincere**.
And **though we have never met**, listen, my **dear**:
Whenever you need me, I **promise** – I'm here."

maiden Mädchen
lost verlorenes
near nahe (bei)
feelings Gefühle
sincere aufrichtig
though obwohl
have never met uns nie getroffen haben
dear Liebe
whenever wann immer
promise verspreche (es)

Obwohl ich ja weiß, dass der König nicht für mich singt und sich vermutlich nicht einmal an unsere Begegnung erinnert, ist seine Stimme in all den Jahren meiner Kindheit zu der Stimme des Vaters geworden, den ich nie hatte. Sie sang mich in den Schlaf und tröstete mich. Sie machte, dass ich mich sicher fühlte.

And though we have never met, listen, my dear: whenever you need me, I promise – I'm here. Dieses Versprechen verscheuchte die Nachtmahre aus meiner Kammer, stillte den Schmerz, wenn ich mir die Knie an den kantigen Steinen stieß oder die Hände beim Knüpfen der Hanfnetze rissig wurden. Und doch habe ich den König mit den traurigen Augen nie gebraucht. Ich hatte ja Nurinai und habe sie noch jetzt. Nurinai, die mir Mutter ist und Schwester und Großmutter und Freundin. Nurinai mit den blitzenden Augen eines kleinen Mädchens und dem runzligen Gesicht einer uralten Schildkröte. Nurinai, die mich großgezogen hat, die mir Fischbrei kocht und mir neben dem Sturm und dem Meer das Liebste ist auf der Welt.

"Gwenny? Hörst du mich nicht? Komm nach Haus. Ich habe dir etwas zu sagen!" Nurinais vertraute Stimme schwingt sich die Klippen herunter zu meinem bemoosten Thron.

"Hörst *du* nicht?", wispere ich zurück. "Er singt für mich." Ich winde eine Strähne meines sommerwolkenweißen Haares so eng um den Zeigefinger der Linken, dass er fahl wird wie Birkenrinde. Das kleine Ruderboot ist derweil in der zunehmenden Dämmerung aus meinem Blickfeld verschwunden.

"Träum nicht, Liebes", sagt Nurinai, die zu mir herabgeklettert ist, und holt mich in die Gegenwart zurück. Mit einem Zwinkern zieht sie mich an den dicken Zöpfen. "Komm nach Haus und hilf mir das Abendessen zubereiten. Es sieht nach Regen aus."

"Ich kümmere mich um den Dorsch", sage ich, doch statt zu gehen, lehne ich mich an sie, damit sie mir über das Haar streicht.

"Tell me again how I **came** into your life", flüstere ich in der Sprache unserer Heimat. Der ferne Gesang des Königs, die fliegenden Wolkenfetzen am immer dunkler werdenden Himmel und Nurinais Stimme, das alles ist so schön, dass ich unmöglich jetzt aufstehen und einen Dorsch ausnehmen kann. Außerdem liebe ich diese Geschichte, auch wenn ich sie schon hunderte Male gehört habe.

came gekommen bin
on in
on an
shore Ufer
country Landes
far weit
away weg

"It was **on** a warm summer's night **on** the **shore** of a **country far**, far **away** from where we live now", beginnt Nurinai. Ein verträumter Schimmer tritt in ihre Augen und ihre raue Stimme wird sanft. Sie erzählt vom Tag der Hochzeiten, der in jedem Jahr dort gefeiert wurde, von dem Tag, an dem auch meine Eltern heirateten. Was für eine wundervolle Braut meine Mutter gewesen ist und was für ein stolzer Bräutigam mein Vater. Dass meine Mutter mit mir schwanger war und dass die Vögel den ganzen Tag mit ihr jubiliert haben, so glücklich sei sie gewesen. Sie erzählt mir von dem kleinen Jungen, der dort in der Nähe des Hafens mit ein paar Steinchen spielte – und davon, wie meine Mutter sich zu ihm hinabbeugte und ihm über das Haar strich. Und dass sie ihm einen Kuss gab und ihm ihr silbernes Medaillon schenkte, in das zwei Frauen eingraviert waren, die miteinander tanzten. Wie sie Nurinai, die staunend neben ihr stand, angelacht und zu dem Jungen gesagt hat: "Keep it, child. One day it will help you to **fulfil** your **dreams**."

Nurinai seufzt.

Ach, Nurinai, meine Nurinai. Ich spüre, dass sie mehr weiß, als sie mir sagt. Und was soll ich halten von dem Ende der Geschichte, die sie erzählt?

"The king of Maiden Bay **was marrying** his queen on **the same** day – that's the king who is the king of Windhag today, Garolan. So **there were decorations everywhere**, and market stalls, **street performers**, and fireworks. It was a **bright**, beautiful day and **everyone** was happy. Then **suddenly** it **went** very dark. There was a **terrible** storm, and **everything** was flying through the **air**. It was like the end of the world. And then … you **just** … **appeared** in my arms. And I **knew** that you were her daughter. You **had** her eyes – **that** bright, bright blue. And you smelled like her."

Sie erzählt von der Flucht durch Maiden Bay, vom Inferno des Sturms, davon, dass sie das kleine Bündel Mensch, das ich einst gewesen bin, an sich gepresst hielt und mit letzter Kraft

fulfil erfüllen
dreams Träume
was marrying heiratete
the same demselben
there were es gab
decorations Festschmuck
everywhere überall
street performers Straßenkünstler
bright leuchtender
everyone alle
suddenly plötzlich
went ist geworden
terrible schrecklicher
everything alles
air Luft
just einfach
appeared bist erschienen
knew wusste
had hattest
that dieses

das Schiff des Königs erreichte. Wie durch ein Wunder gelang es dem Kapitän, Maiden Bay zu verlassen, von dem alle dachten, dass es in dieser Nacht von der Sturmflut in die Tiefe gerissen werden würde.
Mal ehrlich, Hand aufs Herz: eine Insel, die einfach so in den Fluten versinkt? Ein Schiff, das dennoch ablegen kann? Ein König, der seine Braut zurücklässt? Ein Kind, das aus dem Nichts in Nurinais Arme fällt? Das klingt nicht besonders glaubwürdig.
Wo ist meine Mutter? Und wo ist mein Vater? Wie kann ich sie finden, wie sie treffen, wo nach ihnen suchen? Leben sie noch? Ich würde es Nurinai gern fragen, aber ich frage es nicht, schon seit Jahren nicht mehr. Ich bekomme ohnedies keine Antwort, jedenfalls keine, die mir weiterhilft. Dass man die Insel nicht mehr erreichen kann, sagt sie. Und immergleiche Sätze, die allesamt tröstlich und doch keine Antwort sind. "Deine Mutter hat dich über alles geliebt." "Deine Mutter war eine ganz besondere Frau." Oder unverständliche Dinge wie: "Deine Mutter ist der Grund, warum wir die Insel verlassen mussten, und der Grund, warum wir eines Tages zurückkehren werden." Und so weiter und so fort. Bei den Fragen nach meinem Vater ist es nicht anders. Warum kann Nurinai nicht aufhören, in Rätseln zu sprechen, und mir sagen: "Deine Mutter heißt Abigail und sie lebt unten an der Mühle am Fluss." Oder: "Dein Vater hieß Thorben und er ist damals in der Sturmflut umgekommen" oder etwas in der Art. Aber sie tut es nicht und so bleiben mir nur Träume von meinen

Eltern – seien sie nun auf dem Grund des Meeres oder irgendwo weit fort an einer fernen Küste.

Der Wind frischt auf, bauscht mein Haar, peitscht die See. Und dann geschieht es – plötzlich, unerwartet, ohne Vorbereitung. Wie jedes Mal. Immer stärker zerrt der Wind an meinem Wolkenhaar, an Nurinais eisgrauem Zopf, an unseren Leinenkleidern. Und mit dem Sturm kommt der Zorn. Ich springe auf, schreie über das immer lauter werdende Tosen und die ersten Regentropfen hinweg: "Hör endlich auf, mich zu belügen! Ich bin zwölf Jahre alt! Warum kannst du mir nicht die Wahrheit sagen?"

Ich schreie, tobe, rase. Am liebsten würde ich mich in die Böen werfen, die über die Felsen hinwegstürmen und mit ihnen fortfliegen, würde hinüber zu unserer Hütte rasen und das Reet unseres Daches weit hinaus auf die See schleudern.

Nurinai lächelt. Mein Zorn umtost sie, schreckt sie aber nicht. Sie kennt mich – und diese jäh aufrauschende Wut ist ein Teil von mir. *Storm maiden* nennt sie mich deshalb. *Storm maiden*, wie das Mädchen im Lied von König Garolan.

Doch auf den Donner folgt der Blitz und mit ihm fährt all mein Zorn zur Erde und verraucht. Was kann Nurinai schon dafür? Sie hat stets nur das Beste für mich gewollt. Wenn es etwas gibt, das ich wissen muss, dann wird sie es mir sagen, wenn die Zeit gekommen ist. Im Grunde meines Herzens weiß ich das. Schon will ich mich entschuldigen – so wie ich es immer tue, wenn der Sturm mich überwältigt hat –, aber Nurinai behält ihr sanftes Lächeln bei. Sie hat sich aufgerichtet, ihre ausgezehrte, aufrechte Gestalt steht wie eine Sturmgöttin vor dem wetterleuchtenden Nachthimmel. In der Stille vor dem nächsten Donner nickt sie hinauf zu unserer Hütte. "And now ..."

Ich vermute, dass sie mich an den Dorsch erinnern möchte, und bin im Begriff, die Klippen hinaufzusteigen, als ein lauter Ruf erklingt: "Nurinai! Nurinai? Wo seid Ihr? Ist jemand zu Hause?" Die Stimme eines Mannes. Eines jungen Mannes.

Ich erstarre, als der nächste Blitz herniederfährt: Dort oben vor unserer Hütte stehen zwei Gestalten und sehen zu uns herab. Wir haben nie Besuch, den Mann mit dem grauen Bart und seinen Begleiter einmal ausgenommen, und beide waren schon viele Jahre nicht mehr hier.

"Who is it?", wispere ich in Nurinais Sprache.

Nurinai zuckt die Schultern, rafft ihre Röcke und beginnt, die Felsen hinaufzuklettern. "Hier unten sind wir, junger Mann. Habt Ihr Euch verlaufen? Hier gibt es nichts für Euch. Hier lebt niemand außer einer Fischersfrau und ihrer Tochter."

"Nurinai, erkennt Ihr mich nicht? Ich bin es, Ravi!"

Ravi! Der Haareausreißer! Seine Stimme hat sich verändert, seit wir einander das letzte Mal gesehen haben, sie ist dunkler geworden und hat alles Kindliche verloren. Was treibt Ravi hier? Und ...

"Ravi! Ist etwas geschehen mit deinem ... Oheim? Und wen hast du uns mitgebracht?"

“Einen Jungen. Ich habe ihn am Hafen aufgelesen. Ich glaube, dass er Hilfe braucht, aber ich begreife zu wenig von dem, was er sagt. Er spricht die Sprache der **Northern** Shores, die auch die Eure ist. Ich begreife nicht genug. Aristales könnte ihn verstehen, doch er ist nicht bei Hofe, und es hört sich dringend an! Wenn es wirklich Eure Muttersprache ist, dachte ich …”

northern nördlichen
help Hilfe

Ravi klingt unsicher, als wisse er nicht genau, ob er nicht etwas Verbotenes tut.

Nurinai ist fast oben auf der Klippe, als sich der Junge vorschiebt und klar und verständlich sagt: “Please. My name is Tarym. I am from Maiden Bay and I need your **help**. Can you understand me? Can you help me, please?”

Nurinai hält inne, als habe der Blitz sie getroffen. Auch ich merke kaum, wie der Regen einsetzt, wie Sturzbäche mich binnen Wimpernschlägen vollkommen durchnässen. Lasse mich wie willenlos von Nurinai die Klippen hinaufziehen. Ihre zitternden Hände lassen mich ahnen, dass von nun an nichts mehr sein wird, wie es war.

Maiden Bay. Die unerreichbare Insel. Nicht beschiffbar, schon seit Jahren nicht, untergegangen in einer Flutwelle.

Maiden Bay. Mein Geburtsort, die Heimat meiner Eltern.

Tarym's Story

Wir sitzen in unserer kleinen Kammer um den runden Holztisch, Nurinai, Ravi, Tarym und ich. Der Dorsch brutzelt in der Pfanne, das frische Brot duftet, das Brunnenwasser rinnt unsere Kehlen hinab und Tarym erzählt seine Geschichte. Wir hängen an seinen Lippen – ich staunend, Nurinai sorgenvoll und Ravi ratlos, weil Tarym in rasender Geschwindigkeit spricht und Ravi nur die Hälfte versteht. Es kommt mir sehr unwirklich vor, was ich höre, und ich frage mich, ob es vielleicht eine besondere Eigenart dieser seltsamen Insel Maiden Bay ist: Alle Geschichten, die von dort kommen, klingen unglaubwürdig. Sie sind wie Sturmwellen aus dem Nichts. Ich wiederhole Taryms Worte und Ravi lauscht staunend. "Sein Name ist Tarym und er stammt von einer kleinen Insel, die zum Herrschaftsgebiet ... unseres Königs gehört. Mit der Insel hat es ... seit vielen Jahren etwas Sonderbares auf sich: Niemand kann sie ansteuern und niemand kann sie verlassen. Die Schiffe kommen nicht durch. Sie zerschellen an ... einer Art Sturmwand. Und sinken."

Ravi hält den Atem an. Er hat sich verändert, seit wir einander das letzte Mal gesehen haben. Aus dem Jungen ist fast schon ein Mann geworden, und es ist nicht nur seine dunklere, volle Stimme, die ihn so anders wirken lässt. Er überragt mich um fast einen Kopf und die einst kurzen Locken trägt er jetzt lang und zu einem Zopf gebunden, der ihm in weizenblonden Wellen über den Rücken fällt. Er ist das Gegenteil von Tarym. Der Junge aus Maiden Bay ist klein und drahtig, Ravi dagegen feingliedrig und sein Körper scheint ihm an manchen Stellen zu lang geraten zu sein, als wisse er nicht, wohin mit Beinen und Armen. Die hellen Augen fest auf mich gerichtet, drängt Ravi mich, fortzufahren: “Aber warum ist Tarym dann hier, wenn man die Insel doch nicht verlassen kann?”

“Weil einer es doch kann. Sein Name ist Kapitän Howard.”

“Howard, the **evil bastard**”, fügt Tarym hinzu und spuckt auf den Holzboden, was Nurinai mit einer Zornesfalte auf der Stirn quittiert. Tarym schüttelt den Kopf, geht hinüber zum steinernen Waschtrog und wischt die Spucke mit einem Tuch wieder auf.

evil böse
bastard Mistkerl
Organ Cliffs Orgelklippen

“Aus Gründen, die niemand kennt, kann nur Howards Schiff die Fluten durchqueren. Aber das ist nicht alles. Tarym sagt, dass Howard Kinder stiehlt. Dass er sie dazu zwingt, an den **Organ Cliffs** – das sind steile Felsnadeln vor der Insel – für ihn zu arbeiten. Dort ernten sie einen ganz besonderen Stoff, der Windseide heißt. Tarym sagt, dass diese Organ Cliffs gefährlich sind und viele Kinder dort sterben. Sie rutschen an den glitschigen Felsen ab und fallen in die Fluten oder Howard tötet sie, wenn sie zu groß werden und ihm nicht mehr nützen können. Tarym sagt, er sei eines dieser zu groß gewordenen Kinder.”

"Aber er ist doch hier!", fährt Ravi dazwischen, während Tarym unruhig auf seinem Stuhl hin und her rutscht.
Ich übersetze geduldig weiter. "Ja, Tarym ist hier. Er hat es geschafft, Howard zu überlisten. Er hat sich auf dessen Schiff versteckt und ist mit ihm durch die Sturmwand gefahren. Und irgendwann später hat er sich abgesetzt, ist auf einer schmalen Planke ins Meer hinausgetrieben. Er hatte Glück: Ein Schiff hat ihn aufgelesen, ein Handelsschiff auf dem Weg nach Windhag. Die Mannschaft hat kein Wort von dem verstanden, was er ihnen erzählt hat, aber sie haben ihn an Land gebracht. Sie kannten den Namen des Königs, den er ihnen genannt hat, Garolan, und so haben sie ihn direkt zu uns gefahren. Hierher, nach Windhag. Er sagt, dass er Hilfe braucht. Weil er es den anderen Kindern versprochen hat. Und ganz besonders einem von ihnen: Rhyn, seiner kleinen Schwester. Er hat ihr versprochen, auf sie aufzupassen."
Als ich Rhyns Namen ausspreche, werden Taryms Augen dunkel vor Kummer. "She's **only** eight years old. She **has never hurt anyone**. I **pray** she **is** still **alive**."
Ich fahre ihm sacht mit der Hand über den Arm.
"Und jetzt ...", setzt Ravi an, aber Nurinai unterbricht ihn und stellt Dorsch und Brot auf den Tisch.
"**First** we will eat something. Tarym, you are hungry, and so am I", sagt sie bestimmt. Sie füllt unsere Teller, gibt Tarym eine besonders große Portion. Der Junge, der

only erst
has never hurt hat nie wehgetan
anyone jemandem
pray bete
is alive lebt
first zuerst

uns die ganze Zeit über mit einer Mischung aus Anspannung und Hoffnung beobachtet, wird binnen Sekunden vom gehetzten Wolf zur schnurrenden Katze. Ich frage mich, wann er das letzte Mal etwas Warmes zu essen bekommen hat, und schließe aus seinem ungläubig verzückten Gesicht, dass es schon lange Zeit zurückliegen muss.

back zurück

Nurinai fängt meinen Blick auf und nickt in Richtung Tür. Ich verstehe.

“I’ll be **back** in a minute”, sage ich zu Tarym, nicke Ravi zu und bin schon hinausgehuscht und auf dem Weg zu unserer kleinen Räucherkammer, um mehr Fisch zu holen. So wie Tarym aussieht, isst er einen ganzen Dorsch allein. Vielleicht sogar zwei.

Ich eile den Weg die Klippen hinab, vorbei an meinem Lieblingsplatz, den schmalen Streifen Sand entlang bis zu dem windgeschützten Fleck, auf dem der Holzverschlag errichtet ist. Ich breite das große Tuch aus, um den Fisch aus der Kammer daraufzulegen, damit ich ihn transportieren kann. *Foulard* nennt Nurinai das Tuch. Es ist eines der wenigen Besitztümer, die sie einst aus Maiden Bay mit nach Windhag gebracht hat. Eigentlich ist es viel zu kostbar, um damit Fisch zu transportieren. Seidenweicher Stoff, der einem durch die Hände zu wehen scheint, als ob er sich im nächsten Augenblick auflösen wollte. Angeblich ist es *wind silk. Wind silk* oder Windseide, wie wir sie hier nennen, wurde früher auf Maiden Bay geerntet. Doch seit kein Schiff von dort mehr eintrifft, gibt es diesen Stoff nicht mehr. Wer etwas aus *wind silk* besitzt, ist reich! Und wir wickeln unseren Fisch darin ein? Ist das nicht völlig lächerlich? Aber Nurinai hat nur die Brauen gehoben und gesagt: "We *are* rich. We have **enough** to eat, we have a bed and a roof, we are alive and we are **safe**. What more do we need?" Und ich habe mir gedacht, dass man solche Dinge wie Sicherheit wohl nur schätzen kann, wenn man einmal anderes gekannt hat. Bislang habe ich von Abenteuern nur geträumt – hier in meiner kleinen, sicheren Hütte, die, das erkenne ich mit einem Mal schmerzlich, den Beinamen "fernab der Welt" mehr als verdient hat.

Sacht streiche ich noch einmal über den Stoff. Er ist aus einem sehr, sehr hellen Blau, ganz leicht, fast schwerelos. Manchmal stelle ich mir vor, wenn man ein ganzes Kleid davon hätte, müsste man fliegen können.

Als ich mich wieder unserer Hütte nähere, schnappe ich einen Teil des Gespräches auf, das Nurinai, Tarym und Ravi drinnen führen, und verharre reglos vor der Tür.

Nurinai sagt: "Tarym, listen. You **may have to** tell your story again. The king may want to speak to you. I'm **sure** that, if he believes you, he will help you. It is very **important** that you do not **lie to** us. Everything you **tell** us **must** be **true**. Do you understand?"

Taryms Antwort kommt wie aus der Pistole geschossen, und ich glaube ihm: "I do not lie."

enough genug
safe in Sicherheit
may have to musst vielleicht
sure sicher
important wichtig
lie (to) (an)lügst
tell sagst
must muss
true wahr

"Er sagt, er lügt nicht. Dann, Ravi, solltest du Aristales fragen, was wir tun sollen. Er wird entscheiden, ob er mit Garolan ... äh ... mit dem König spricht oder nicht. Sag ihm, dass ich dem Jungen glaube. Und sag ihm, dass ... es mir lieber wäre, er machte sich selbst erst ein Bild, ehe er das Mädchen hinzuholt."

Aristales ist der Mann mit dem grauen Bart, mit dem Ravi früher bei uns war. Was hat er mit dem König zu tun? Was hat Ravi mit dem König zu tun? Was hat Nurinai mit dem König zu tun? Welches Mädchen meint sie? Zumindest die letzte Frage hat Ravi sich offenbar auch gestellt. "Es geht um Gwenny, oder?", fragt er. "Im Grunde geht es schon die ganze Zeit ... um sie. Sie ist so ..."

hope hoffe
while Weile

"Scht", sagt Nurinai und Ravi verstummt. Aber ich weiß auch so, was er sagen will: "Sie ist so komisch. Sie ist so anders. Sie ist so seltsam." Ich kenne das alles. Merkwürdig ist nur, dass es mir sonst nicht so viel ausgemacht hat, wenn andere diese Dinge über mich sagen. Aber dieses Mal tut es mir weh.

Als Ravi sich später von uns verabschiedet, würdige ich ihn keines Blickes. Und auch die Hand, die er mir zum Abschied reicht, ignoriere ich. Als er gegangen ist und Tarym bereits den dritten Fisch verputzt, frage ich stattdessen: "So Tarym's going to talk to the king?"

"I **hope** so", sagt Nurinai.

"And Tarym is going to stay here for a **while**?"

Kurz sehe ich Erstaunen in ihren Augen aufflackern. Daran hat sie offenbar noch nicht gedacht. Ich folge ihrem Blick durch unsere kleine Kammer, die kaum mehr umfasst als den steinernen Spültrog, den Ofen aus Lehm mit der breiten Ofenbank, den Tisch mit den beiden Schemeln, einen schmalen Schrank für unsere wenigen Habseligkeiten und Nurinais und mein Bett mit den Strohsäcken, den Fellen und den dicken Pferdedecken darin, die uns selbst im Winter warm halten. Nur manchmal klagt Nurinai und erzählt mir von dem ***elder syrup***, den es auf Maiden Bay gab und der das Herz wärmt und die Füße dazu. Aber den letzten kleinen Schluck aus ihrer großen Vorratsflasche hat sie schon aufgebraucht, als ich noch durch die Stube krabbelte.

"Where will he sleep?"

Tarym sieht von seinem Fisch auf und wirkt zerknirscht. Offenbar fällt ihm erst jetzt auf, dass er seit einiger Zeit vollkommen selbstvergessen, das Gesicht voller Glückseligkeit, auf der Ofenbank sitzt und an seinem Fisch schmatzt.

"**Don't worry** about me. I'll be fine. I **slept for years** on rocks on a **stormy** island. Even sitting here on your **stove** is like **heaven** to me."

Aber das kann ich nicht auf mir sitzen lassen. Mit einem kurzen Blick messe ich das Bett und Tarym, dann nehme ich all meinen Mut zusammen. "You can **share** my bed with me if you like. It's better then the stove, and it's warmer at night."

elder syrup Holundersirup
Don't worry. Macht euch keine Sorgen.
slept habe geschlafen
for years jahrelang
stormy stürmischen
stove Ofen
heaven Himmel
share teilen

Tarym schaut kurz auf und sein Blick gleitet sehnsuchtsvoll zu unserem Bett und dann dankbar zu mir.

"That **would be wonderful**", sagt er.

Mehr nicht.

Nur das.

Aber für mich ist es das Schönste, was ich je gehört habe.

would be wäre
wonderful wunderbar

News from Maiden Bay

Hoch sprüht die Gischt und Tarym lacht, als er die Ruder unseres kleinen Fischerbootes ins Wasser taucht und durchzieht. Wir rudern gemeinsam, Schlag um Schlag. Die Netze sind voll, es war ein guter Fang, Nurinai wird zufrieden sein.

Zehn Tage sind vergangen, seit Ravi Tarym zu uns gebracht hat, und diese zehn Tage haben ausgereicht, um mir zu zeigen, dass es Dinge gibt, die man nie vermisst, bis man sie kennenlernt. Seit zehn Tagen nämlich weiß ich, dass es etwas gibt, das sich noch besser anfühlt als auf der Zunge schmelzende Schokolade. Und das ist: ein Mensch, der nicht Nurinai ist und mich trotzdem mag. Der mich nicht anstarrt. Der nicht stumm ist wie die Schildkröten und nicht unstet wie die See und nicht so vorlaut wie die Möwen, jedenfalls nicht immer. Ein anderer Mensch, der ein Freund werden könnte. Ein echter Freund aus Fleisch und Blut.

Ich kann es noch immer nicht glauben. Dass es Maiden Bay wirklich gibt. Dass Tarym, der hier vor mir sitzt und aus Leibeskräften rudert, von jener Insel stammt – aus meiner Heimat. Und dass mein König mit den traurigen Augen dorthin aufbrechen will.

news
Nachrichten

Vor acht Tagen ist Ravi zurückgekommen und hat Tarym abgeholt. Er hat tatsächlich mit dem König gesprochen und der König hat ihm geglaubt. Und nicht nur das: Er hat gesagt, dass er nach Maiden Bay aufbrechen wird, und nichts anderes habe ich erwartet. Vor zwei Tagen dann ist Tarym noch einmal beim König gewesen und seitdem wissen wir, dass sie schon bald lossegeln wollen und dass Tarym den König begleiten wird.

Zu Beginn habe ich noch gedacht, dass Nurinai und ich gemeinsam mit Tarym an Bord des Schiffs des Königs gehen werden, um nach Maiden Bay zu fahren. Um ehrlich zu sein, war ich sogar fest davon ausgegangen, dass es genau so und nicht anders kommen würde. Leider musste ich schnell erkennen, dass ich mich irrte.

"Who do you think we are?", brachte Nurinai mich auf den Boden der Tatsachen zurück, als ich sie danach fragte. "We're **no use** on a ship like that. And **even if** they **were taking passengers**, we have **no** money to pay for the **journey**."

are no use nützen nichts
even if selbst wenn
were taking mitnehmen würden
passengers Passagiere
no kein
journey Reise

Natürlich habe ich Tarym dennoch keine Ruhe gelassen mit meinen Fragen: Wie es war, mit dem König zu sprechen. Ob sie wirklich keine Küchengehilfen mehr an Bord brauchen. Ob es nicht doch irgendeine Möglichkeit gibt, ihn zu begleiten.

Auch jetzt frage ich ihn, während wir anlegen, Nurinai den Fisch in die Räucherkammer bringen und dann auf meinen Moosthron klettern, die Beine baumeln lassen und beobachten, wie gegenüber in der Bucht die letzten Vorbereitungen an den zwei Schiffen getroffen werden, die bald aufbrechen sollen. Lasse mir wieder und wieder Maiden Bay und Taryms Reise beschreiben. Den fiesen Kapitän Howard und Taryms Schwester Rhyn. Ich weiß längst, dass sie gar nicht seine richtige Schwester ist und dass sie und Tarym – wie die meisten Kinder, die für Howard arbeiten müssen – aus dem Waisenhaus stammen. Dass es viele Waisen gibt auf Maiden Bay und wenig Reichtum. Und dass seit der großen Flut (von der Tarym selbst kaum mehr etwas weiß, weil er damals noch sehr klein gewesen ist) in Maiden Bay alles anders geworden ist. Viele Kinder haben damals ihre Eltern verloren, viele danach, als die Bewohner der Insel erfolglos versuchten, die Sturmwand zu durchdringen. Als ihre Schiffe an den Orgelfelsen zerschellten und sanken. Als die Bewohner Maiden Bays trübsinnig darüber wurden und die Verzweiflung sich auf der Insel ausbreitete wie das Moos auf den Felsen. Bis jene Sage den Menschen Hoffnung zu geben begann: dass ihr König eines Tages wiederkehren und das Geschehene ungeschehen machen würde. Immer wieder frage ich nach und immer wieder erfahre ich neue Einzelheiten. Es ist mir fast schon peinlich, dass ich all das so unglaublich spannend finde, aber es ist schließlich auch die Geschichte meiner Herkunft, meine Geschichte – die ich im Vergleich zu Taryms ziemlich langweilig finde. Außerdem fehlt ihr die Pointe. Was könnte ich Tarym schon erzählen? "Nurinai **told** me I **fell** out of the sky into her arms, and that **after that**

told hat erzählt
fell gefallen bin
after that danach

left verlassen haben
since then seitdem
by am
even though auch wenn
might be vielleicht sind
dead tot
mermaid Meerjungfrau
palace Palast
bottom of the sea Meeresgrund
died sind gestorben
tried versucht hat
leave verlassen
when als
orphanage Waisenhaus
didn't have hatte keinen
that is das heißt
crawled krabbelt
couldn't konnte nicht
called hat genannt

we **left** Maiden Bay. **Since then** I've lived a quiet life here **by** the sea with Nurinai. I still do not know who my parents are, and **even though** I think they **might be dead**, I prefer to dream that they live in a **mermaid palace** at the **bottom of the sea**." Nein, das kann ich Tarym wirklich nicht erzählen. Und deshalb lasse ich ihn in dem Glauben, dass Nurinai meine Mutter ist und wir damals von Maiden Bay geflohen sind und frage ihm lieber weiterhin Löcher in den Bauch. Offenbar hat das selten jemand in seinem Leben getan, denn Tarym scheint mein Interesse zu genießen, und er antwortet mir ausführlich und gern – ganz so, als werde seine Heimat mit jeder Silbe, die er über sie spricht, ein klein wenig lebendiger.

Jetzt ist Taryms Blick in die Ferne gerichtet. "Rhyn's parents **died** on the last ship that **tried** to **leave** the island. **When** Rhyn came to the **orphanage** she was still a baby. She **didn't have** a name – **that is**, we didn't know her name. But she loved me. She always **crawled** after me, and because she **couldn't** say my name she always **called** me 'Rhyn'.

And that's what they still call her today. She's my little sister and I promised I **would** always **look after** her. And I will."
"You will. If you look for a **way**, you **will find** one", sage ich schlicht.
"Thank you", sagt Tarym und blinzelt die Tränen fort.
Warum müssen alle Menschen, die mir etwas bedeuten, so oft traurig sein? Ich schwöre mir bei allen Meeren und Stürmen dieser Welt, dass ich eines Tages selbst in die Welt ziehen und dafür sorgen werde, dass sie wieder lachen können. Ich war immer glücklich hier in Windhag bei Nurinai. Aber plötzlich erscheint meine Welt mir so klein und beengt.

would würde
look after ... auf ... aufpassen
way Weg
will find wirst finden
said hat gesagt
don't need any brauchen keine
fisherfolk Fischer
way Möglichkeit
at all überhaupt

"Nurinai **said** they **don't need any** help in the kitchen, and that **fisherfolk** like us are no use on a ship going to Maiden Bay", wende ich mich an Tarym. "But ... is there really no **way** I can go with you to Maiden Bay? No way **at all**?"
Ich beobachte ihn aufmerksam – sein dunkles, windzerzaustes Haar, die von der Sonne bronzefarben getünchte Haut, die schlanke, sehnige Statur, die gerade Nase unter wachen, seerosenblattfarbenen Augen. Vor zehn Tagen habe ich ihn zum ersten Mal gesehen und schon heute kann ich mir ein Leben ohne ihn nicht mehr vorstellen. Nicht auszudenken, wenn er auf dieses Schiff stiege – und dann auch noch mit dem König an

seiner Seite – und einfach davonsegelte und mich hier zurückließe. Ich war immer viel allein und habe mich niemals einsam gefühlt, aber jetzt ist es anders. Allein schon die Vorstellung, nicht mehr mit dem Gesicht an Taryms Rücken geschmiegt einzuschlafen und nicht mehr von dem Stubsen seiner spitzen Ellenbogen im Schlaf aufzuwachen, ihn nicht mehr beim Fischen an meiner Seite zu wissen und unzählige andere "Nicht mehrs" mehr erscheinen mir absolut unvorstellbar.

Er wendet sich zu mir um und lächelt. "Of course there is. You **could try to stow away on board** the ship."

Ich soll *was*? Mich als blinder Passagier unter Deck schleichen wie ein Dieb in der Nacht? Erst fassungslos, dann entrüstet krause ich die Stirn und spüre, wie der Sturm sich in mir zusammenbraut. Ich starre Tarym so zornerfüllt an, dass er unwillkürlich mit dem Oberkörper zurückweicht. Doch er hält meinem Blick stand. Etwas in meinem Gesicht scheint ihn zu faszinieren.

"What do you think of me!", fahre ich ich ihn an. "**Stowaways** need food and water. We are **honest** people. I would never steal from anyone or take what isn't mine. I might be poor, but I'm not a **thief**."

"**Calm down**, little **whirlwind**." Genau wie Nurinai lässt sich Tarym von meinem Ausbruch nicht im Mindesten beeindrucken. Er zuckt nur mit den Schultern, schenkt

could try könntest versuchen
to stow away als blinder Passagier zu fahren
on board an Bord
stowaways blinde Passagiere
honest ehrliche
thief Diebin
Calm down. Beruhige dich.
whirlwind Wirbelwind

mir ein verschwörerisches Grinsen. Sein Gesicht sieht weniger ausgemergelt aus in den letzten Tagen, die Augenringe sind weniger tief, die Züge entspannter. Sein abschätzender Blick wandert über die unablässig an die Klippen schlagenden Wellen und hinüber zu den Schiffen. Dann ordnet er seinen Haarzopf neu, der aussieht, als wäre ein Windstoß hindurchgefegt, richtet seine vor Vergnügen blitzenden Augen wieder auf mich, und schon ist meine Wut verraucht. Was kann er auch dafür? Ich habe ihn schließlich nicht nach ehrenwerten Möglichkeiten gefragt, sondern nach *irgendwelchen* Möglichkeiten. Und genau die hat er mir genannt.

"Can you do that again?", will er wissen.

"What are you talking about?"

"**A few seconds ago**, when you were angry ... it was **as if** something like a **lightning bolt shot** from your eyes. For a moment I was scared, to be honest. But the next moment it was **gone**. And there was ... a **gust of wind**."

a few seconds ago vor ein paar Sekunden
as if als ob
lightning bolt Blitzschlag
shot kam geschossen
gone weg
gust of wind Windstoß

Er scheint auf eine Antwort von mir zu warten, doch mir fällt keine ein. Ein Lichtblitz aus meinen Augen? Ich weiß nicht, was er meint. Und was soll an einem Windstoß so besonderes sein?

Wir sitzen eine ganze Weile schweigend beieinander und ich genieße das Gefühl, nicht allein zu sein. Und verdränge die Stimme in meinem Inneren, die immer wieder wispert, dass dieses Gefühl endlich ist. Natürlich werde ich die Sache mit dem blinden Passagier in keinem Fall ernsthaft in Betracht ziehen. Denn erstens bin ich schließlich weder Ratte noch Dieb und zweitens würde es Nurinai niemals erlauben und drittens käme sie niemals mit, was viertens bedeuten würde, dass ich allein gehen müsste und das fünftens auch noch heimlich, weil mich Nurinai sechstens niemals gehen lassen würde. Es kommt also nicht in Frage. Noch nicht einmal in der Theorie.

"Tarym?", frage ich leise.

"Mm?"

"How do you stow away on board a ship?"

Er lacht leise. "**Well**, it's easy. You just go on board. The important thing is **to look** everyone in the eyes. You must carry something, look as if you know where you're going and there's **absolutely** no **reason** to ask you what you're doing there. You just smile and walk on board. And when you find a really good **hiding place**, you hide. You **should** wear **ordinary** clothes, so that people don't remember you. Carry food, or a box, or even something like shoes. If **someone** asks, you're the **shoemaker**'s daughter. Something like that would **work**. … Gwenny?"

"Mm?"

"I **suppose** this is a **theoretical** question?"

well nun
to look zu sehen
absolutely absolut
reason Grund
hiding place Versteck
should solltest
ordinary gewöhnliche
someone jemand
shoemaker Schuster
work funktionieren
suppose nehme an
theoretical theoretische

"Of course", sage ich mit allem Brustton der Überzeugung, den ich aufbringen kann. "Absolutely."
Er nickt, zeichnet mit dem Finger Linien in das Moos, wartet.
"Tarym?"
"Hm?"
"What would you think of me **if I did** something really **stupid**?"
Er lacht. "I do that every day. Sometimes it works. Sometimes I have to try again. Sometimes even **three times**. So if you're thinking about doing something really stupid, I would say: **welcome** on board the **ship of fools**."

if I did wenn ich tun würde
stupid Dummes
three times dreimal
welcome willkommen
ship of fools Narrenschiff

Ich nicke, sehe zu Nurinai hinauf, die in diesem Augenblick aus der Räucherkammer kommt und zu uns herüberschaut. Ich weiß, dass sie sich für mich freut und Tarym und mich daher so oft wie möglich allein lässt. Ich bin ihr dankbar dafür. Aber auch wenn ich so tue, als wenn nichts weiter wäre, weiß ich doch: Ich habe mich längst entschieden. Ich muss auf dieses Schiff. Ich muss mit nach Maiden Bay. Ich muss einfach.
Und was soll schon geschehen? Ich segele mit König Garolan. Was auch immer dieser Howard für ein Schuft sein mag: Mein König wird ihn bestrafen für das, was er getan hat. Ist Maiden Bay nicht auch *seine* Insel? Und jetzt, wo es eine Möglichkeit gibt, hinzukommen, wird er da nicht nach dem Rechten sehen und was auch immer falsch sein mag wieder in Ordnung bringen?

Ich werde Maiden Bay sehen. Ich werde an Taryms Seite sein. Und ich werde zurückkehren und Nurinai etwas von dem *elder syrup* mitbringen, damit sie wieder gut schlafen kann.

The Ship of Fools

"Tarym, tonight's the night, **isn't it?** I've **prepared** something for you. To **remind** you of us. But please do not open it **until** the ship is at sea. Will you promise me that?"
Aus Nurinais Mund klingt das heute wie ein Befehl, viel zu ruppig und fast schon ungehalten. Ich weiß, dass es daran liegt, dass es auch ihr schwerfällt, ihn gehen zu lassen. Trotzdem wundere ich mich. Dass Tarym ihr so sehr ans Herz gewachsen ist, hätte ich nicht gedacht. Noch mehr aber wundert mich, dass sie mir nichts von diesem Abschiedsgeschenk gesagt hat. Nun stehe ich da wie eine Idiotin und weiß noch nicht einmal, was Nurinais großer Leinenbeutel enthält. Und was mag es sein, von dem sie denkt, dass es ihn an uns erinnert? Ich hoffe, es ist keine Fischpastete oder etwas in der Art. Ich zumindest möchte nicht, dass man immer ausgerechnet dann an mich denkt, wenn es gerade irgendwo besonders intensiv nach Fisch riecht.
Tarym ist gerührt und ich bin es auch. Wir umarmen einander fest.
Nun also ist es so weit: Tarym geht fort. Die beiden Schiffe laufen morgen noch vor dem ersten Hahnenschrei aus, aber alle gehen schon heute Nacht an Bord. Alle, die mitsegeln.
"Come on, my dear", sagt Nurinai und zieht mich sacht von Tarym fort in ihre Arme. "**Leave** him, my little

isn't it? stimmt's?
have prepared habe vorbereitet
remind erinnern
until bis
leave lass

storm maiden. Leave him. Don't you know the **saying**, 'If you love **somebody**, **set** them **free**'? If you set them free, they **will return**."

Und Tarym lächelt.

Drückt Nurinais Hand und dann auch meine. Zwinkert mir noch einmal zu. Klemmt sich sein Bündel unter den Arm. Berührt noch einmal den Muschelanhänger, den ich ihm gestern schon geschenkt habe und der ihm Glück bringen soll.

Und geht.

Ich sehe ihm lange nach, wie er den steilen Pfad hinunterklettert, hin zu dem Ruderboot, wo Ravi auf ihn wartet. Ich frage mich, warum es Ravi ist, der Tarym holt und bringt. Immerhin soll Tarym doch den König begleiten. Hat denn der König keine anderen Boten als einen … tja. Als einen was eigentlich? Mir fällt auf, dass ich Nurinai niemals gefragt habe, was Ravi und sein Vater oder Oheim, oder wer auch immer der unfreundliche Mann mit dem grauen Bart sein mag, überhaupt tun.

Kurz spiele ich mit dem Gedanken, ihr all diese Fragen doch zu stellen. Sie wie eine Art geheimes Orakel zu nutzen. Denn wenn sie mir Antworten geben würde, müsste ich vielleicht gar nicht fort von ihr und die Antworten anderswo suchen. Dann könnte ich einfach bei ihr bleiben und wir würden warten, bis Tarym und König Garolan zurückkehrten. Dann würde es wieder einen regelmäßigen Schiffsverkehr nach Maiden Bay

saying Spruch
somebody jemanden
set free lass frei
will return werden zurückkommen

geben und auch Nurinai und ich könnten hinfahren, später einmal, vielleicht.
Aber ich frage Nurinai nicht. Ich kenne ihre ausweichenden Antworten. Ich kenne sie gut und ich weiß, dass sie verstehen würde, was ich erreichen will. Ich weiß, dass es sie quälen wird, wenn sie hier allein in unserer Hütte zurückbleibt.
Ob sie glauben wird, dass ich nicht zurückkommen werde, und vielleicht denkt, ich sei im Zorn geschieden? Aber so ist es nicht. Ich muss es einfach tun. Und den Gedanken an Nurinai allein in ihrer Hütte, den schiebe ich ganz weit fort von mir.
Wir gehen in stiller Eintracht zur Räucherkammer, holen Fisch, holen Wasser, backen Brot und schieben den Tisch fort von der Ofenbank, weil wir jetzt wieder nur zwei Hocker brauchen. Es ist ein Abend wie jeder andere. Und doch ist er wie kein Abend zuvor. Weil in den Taschen meines braunen Leinenkleides schon der Brief steckt, den ich sorgfältig geschrieben habe, um nur ja den einen Bogen blütenweißen Papiers, den Tarym mir aus dem Königspalast mitgebracht hat, nicht zu vergeuden. In meinem Brief steht:

beloved geliebte
could wish for sich nur wünschen kann
taught hast beigebracht
how to sew das Nähen

*My **beloved** Nurinai –*
*You are the best mother a child **could wish for**.*
*You **taught** me how to cook, how to sew, and how to read.*

You are the best father a child could wish for.
You taught me ***how to fish****,* ***how to swear****, and how to say no.*
You are the best friend a child could wish for.
You taught me to like ***myself no matter what*** *people say; you taught me* ***to face*** *my* ***fears****, and what it is like always to be loved.*
And even though I love you more than the seven seas, I am going to look for a mother and father I've never met.
I have to know what ***happened****. I have to* ***find out****. These are answers you never wanted to give me.*
Maybe one day when I am ***as*** *old* ***as*** *you are I will understand. But now I am young. And I have to find out.*
I will come back, and I will bring you some elder syrup from Maiden Bay.
Please ***forgive*** *me.*
And believe me: I ***will take care****.*
A ***thousand*** *stormy* ***kisses***
Gwenny

how to fish das Fischen
how to swear das Fluchen
myself mich selbst
no matter what egal was
to face ins Auge zu sehen
fears Ängsten
happened geschehen ist
find out (es) herausfinden
as ... as so ... wie
forgive vergib
will take care werde aufpassen
thousand tausend
kisses Küsse

Ich hoffe, Nurinai kann den Brief lesen. Er ist sehr eng geschrieben und natürlich sind ein paar meiner Tränen daraufgefallen und haben die kostbare Tinte verschmiert. Ich habe in den vergangenen zwölf Jahren meines Lebens nicht so viel geweint wie in den letzten zwei Tagen. Es fühlt sich seltsam an, mein neues Leben. Als wäre ich aufgewacht, aber könnte noch nicht richtig sehen und sprechen und denken, wäre noch halb gefangen im Schlummer zwischen Tag und Traum. Ein großer, mutiger Schritt nur – und ich werde sehen, ob es gut war, wach zu werden, oder ob ich mir wünschen werde, mein Leben lang weitergeträumt zu haben.

Wir reden nicht viel an diesem Abend, Nurinai und ich. Alles ist wie immer. Als sie ihr Nachtkleid angezogen hat, kommt sie kurz zu mir herüber, legt ihre runzelige Hand unter mein Kinn und streichelt mir mit dem Daumen über die Wange. Ich kann es kaum erwarten, dass wir die Lampen löschen und uns schlafen legen.

Erst als ruhige Atemzüge den Raum erfüllen, wage ich es, wieder aufzustehen. In der Dunkelheit taste ich umher, suche nach dem Bündel, das ich mir geschnürt habe: Wechselwäsche, etwas Brot, etwas Fisch, ein paar Äpfel. Da ich nichts Besseres gefunden habe, nehme ich das Foulard und wickele alles hinein. Es ist wirklich ein seltsamer Stoff. Niemals hinterlässt irgendetwas eine Spur auf dem seidenen Tuch, keinen Fleck, keinen Geruch. Ich zünde die Laterne an, dimme das Feuer ganz hinunter und beschwere mit der nur noch schimmernden Laterne meinen Brief. Mein Blick wandert ein letztes Mal in der dunklen Hütte umher und bleibt an Nurinai hängen. Sie schläft tief und fest, aber sie wird den Brief gleich sehen, wenn sie wach wird. Noch die Kapuze weit über das viel zu helle Haar gezogen, dann husche ich aus der Tür unserer Hütte hinaus in die Nacht.

Der Weg dauert in der Dunkelheit länger, als ich gedacht habe. Den Pfad zum Hafen von Windhag kenne ich im Schlaf, aber den Weg zum Hafen des Königs bin ich erst ein- oder zweimal gegangen. Wir haben dort nichts verloren, Leute wie Nurinai und ich. Ich habe vergessen, eine Lampe mitzunehmen. Im Laufschritt erreiche ich den Hafen und – ***thank my lucky stars!*** – die Schiffe liegen noch friedlich am Pier. Dutzende Seeleute laufen gleich einem Ameisenstaat hin und her und werfen sich Befehle zu.

Thank my lucky stars! Den Sternen sei Dank!

Welches Schiff ist das richtige? Auf welchem Schiff ist Tarym? Einer von Nurinais Abzählreimen muss herhalten:

Hickery, dickery, six and seven;
Alabone, Crackabone, ten and eleven;
Spin, spun, muskidun;
Twiddle 'em, twaddle 'em, twenty-one

– und ich entscheide mich für das linke Schiff.
Niemand achtet auf mich und so denke ich nicht weiter nach. Anstatt mich heimlich hinaufzuschleichen, schreite ich erhobenen Hauptes über die Planke und betrete das Schiff ganz so, wie Tarym es mir gesagt hat. "Ich bringe Nahrungsmittel", werde ich sagen, sollte jemand mich aufhalten. Aber wieder hat Tarym recht: Niemand beachtet mich. Das weitläufige Deck, ein paar Türen und

Luken: *Captain*, ***First Mate***, ***Cargo***. Wo finde ich Tarym? Das Schiff schaukelt unruhig auf den gleichmäßig gegen die Bordwand schlagenden Wellen. Der Wind knattert in den halb aufgerollten Segeln und schlägt baumelnde Seile gegen die Masten. Ein paar Seeleute stehen dort oben, um ihre Arbeit zu verrichten, lachen und rufen sich Wörter zu, die der Wind verschluckt. Ich halte inne und wünsche mir mit einem Mal nichts mehr, als dort oben einer von ihnen zu sein. Natürlich kenne ich Schiffe, ich bin auf einem Fischerboot groß geworden. Aber das hier ist kein Fischerboot, das ist ein Palast. Ein Segelpalast und …

first mate erster Offizier
cargo Fracht

"Thank you, Captain." Die wohlvertraute Stimme lässt mich herumfahren und ehe ich weiter darüber nachdenke, hocke ich hinter einer Holztruhe.
König Garolan! Ihm als blinder Passagier in Schimpf und Schande vorgeführt werden, das ist das Schlimmste, was ich mir vorstellen kann. Warum schläft er denn nicht? Was tut er hier, mitten in der Nacht? Ich sehe ihm nach, als er zur Reling geht und mit einem seiner Männer spricht. Garolan trägt ein einfaches Gewand mit dunkler Hose und schlichtem Umhang und jetzt, da ich mich genauer umsehe, wirkt das ganze Schiff nicht wie das Schiff eines Königs. Eher wie ein Expeditionsschiff vielleicht. Doch auch wenn mein König mit den traurigen Augen so gänzlich unköniglich gekleidet ist, würde ich seine hochgewachsene Gestalt überall auf der Welt wiedererkennen. Ihn und seine Stimme.

"Aristales and I will sleep in the **cabin** next to yours. This is Aristales' ship. The two boys – Aristales' **apprentice** and the boy from Maiden Bay – will sleep **below deck**. They are **just** ordinary ship's boys. This is just an ordinary ship on the way to Maiden Bay. We are on an **expedition** to **study** the **pantomime birds**. We didn't know that we could not go to the island. We'**d heard** about the storm wall, but we had **no idea** how **bad** it was. And that's all that *you* know, if anyone asks you. If there are more questions, **call for** Aristales. He will come, and I will come with him. The important thing is that you must never call me "king". Do you understand?"

"Below deck, below deck", wiederhole ich leise, um es nur nicht zu vergessen. Der Mann an der Reling nickt tapfer: "Yes, my king, of course, my king. I will **not** forget **anything**, my king."

"**What did I just tell you?** My name is – let's say: Johnson. So: what do you call me?"

Der arme Mann ist augenscheinlich verwirrt und mir geht es nicht besser.

"Johnson", sagt er zögernd und senkt den Blick.

"Now again, with a little **less** respect, please. Say: 'Good night, Johnson. Sleep **well**.'"

cabin Kabine
apprentice Lehrling
below deck unter Deck
just nur
expedition Forschungsreise
study studieren
pantomime birds Pantomimen-Vögel
had heard hatten gehört
no idea keine Ahnung
bad schlimm
call for ruf nach
not anything nichts
just gerade
What did I tell you? Was habe ich dir gesagt?
less weniger
well gut

Der Mann wiederholt auch das und Garolan – Johnson – ist es zufrieden.
Ehe ich noch darüber habe nachdenken können, warum der König andere Kleider trägt und warum er plötzlich Johnson heißen will, reißt ein Ruck mich unsanft aus meinen Gedanken. Das Schiff macht einen Satz.
"**Anchors aweigh!**", ruft es aus den Wanten.

Anchors aweigh!
Anker lichten!

Und als müsste ich einen Anker auswerfen, um nicht vor Furcht laut aufzuschreien, gleitet mein Blick hinüber zu unserer Hütte und ich erstarre. Der Wind treibt uns schnell auf die See und aus der Bucht hinaus, aber ich bin fast sicher: Dort oben, in den Strahlen der langsam aufgehenden Sonne, sitzt Nurinai auf meinem Thron und schaut uns nach. Ganz aufrecht, ganz ruhig. Ich frage mich, ob sie gewusst hat, dass ich gehen würde – und ob die Tatsache, dass sie mich nicht zurückgehalten hat, bedeutet, dass sie mich gehen *lässt*. Dann mache ich, dass ich unter Deck komme.
Ich brauche ein Versteck. Am besten eines, in dem ich nicht nur kauern, sondern vielleicht auch schlafen kann. Was, so schießt es mir durch den Kopf, habe ich mir bloß dabei gedacht, mich hier an Bord zu schleichen?

The Song of the Storm

Der alte Mann kommt zu mir und hebt die Hände. Sie sind fleckig. Sie sind alt. Sie zittern. Ich spüre das Gewicht des Ankers um meinen Hals. Ein Stein liegt auf meiner Haut. Er glänzt wie Silber und brennt wie Feuer. Meine Seele tanzt, sie will fliegen, will zurück zu meinem Herzen und es in den heller werdenden Himmel emportragen. Ich bin der Sturm. Ich …

That's **impossible**, flüstert sanft der alte Mann, und ich begreife, was Furcht ist. You have to stay here, sagt der alte Mann, in your body.

Das glückliche Wispern neben mir: Fühlst du es, Schwester? Wir haben ein Herz! Er hat uns ein Herz gegeben! Fühlst du, wie es schlägt? Spürst du die Luft um uns? Kannst du es fühlen … es ist … es ist so … so wunderbar menschlich.

impossible
unmöglich

Woher kennt sie all diese Worte? Wie purzeln sie aus ihrem Mund? Der Herzschlag ist unerträglich laut. Bum-bum, bum-bum, bum-bum … Ich höre kaum mehr den Wind.

War es meine Idee? War es die meiner Schwester?

Ich hole tief Luft. Die Luft ist in mir, wie eingesperrt. Ich stoße sie wieder aus.

Tanz mit mir, Sturmschwester, tanz mit mir!

Und ich tanze.

Ich hüpfe.

Ich stolpere.

Kleiner und kleiner wird die Gestalt des alten Mannes hinter uns, während wir über das Gras jagen, das uns unter den Füßen kitzelt. Ja, ich berühre die Erde. Es ist eine wundervolle Welt. Eindrücke stürmen auf meine neu erwachten Sinne ein, vielfältig und bunt.
Ich fühle.
Ich fühle mich unendlich endlich.

A Stowaway

Der Laderaum liegt im Dunkeln und ein scharfer Geruch nach Kot und Tier schlägt mir entgegen, dass es mir den Atem raubt. Nur das fahlgelbe Licht der Bordlaternen lässt mich noch etwas von meiner Umgebung erkennen. Das Schiff zittert, als eine Erschütterung durch seinen Bauch läuft. Es hat die schützende Bucht verlassen und die offene See erreicht. Ich strauchele und lande unsanft auf einem Rest pappigen Strohs. Zweifellos wurden in diesem Schiff vor nicht allzu langer Zeit Ziegen transportiert und noch hat sich niemand die Mühe gemacht, die Ställe ordentlich zu reinigen. Ja, hat diesen Seeleuten denn niemand Manieren beigebracht?! Immerhin ist das hier das Schiff des Königs. Da kann es doch nicht stinken wie in einem Ziegenstall! Mich überkommt ein heftiger Hustenreiz.

Hinter mir klappert ein Riegel, ich erstarre und fahre herum. Ich bin entdeckt! Ich springe vor, will laut schreien vor Zorn über mich selbst, doch da ist die Gestalt auch schon einen Schritt vorgetreten, hält mich fest, legt mir die Hand auf den Mund und erstickt den Schrei. Ich bin so dumm. Ich bin solch eine riesengroße Idiotin. Sie werden mich als blinden Passagier dem König vorführen und Nurinai wird –

"I *knew* you'd do it!", flüstert eine Stimme. "I was waiting for you. I'm so **glad** you're here. Welcome on board the ship of fools, Gwenny!"

glad froh

Tarym! Ich falle ihm um den Hals. Da zieht er mich auch schon mit sich fort, denn von der anderen Seite des Ganges nähern sich Stimmen. Ich kann gerade noch nach meinem Bündel greifen, dann stolpere ich hinter Tarym her. Wir kauern uns dicht an ein paar Fässer, die mit Seilen fest an der Bordwand vertäut sind. Eine Handvoll Seeleute mit hellen Laternen poltern lachend an uns vorbei, holen ein paar Kisten und sind schon wieder verschwunden. Wenn sie sich umgesehen hätten, hätten sie uns sicherlich entdeckt, aber zum Glück vermutet uns niemand hier unten.

"This **way**. I know a **place** where you can hide." Tarym zieht mich durch den düsteren Laderaum.

Mir gefällt es hier nicht. Es ist eng und dunkel, als wäre ich in einer Kiste eingesperrt. Unter der steilen Stiege einer weiteren Luke ist eine kleine Nische, auf die Tarym deutet.

"We're near the **galley** here. You must be **careful**; people sometimes come down to **get** food. But the **smell** isn't **too** bad, and I think you'll be safe. You can hide under the stairs."

Ich nicke, noch überwältigt von den Eindrücken. Es muss nicht komfortabel sein, ich will nur mit nach Maiden Bay. Dass es nicht leicht wird, hat Tarym mir schließlich vorher gesagt, und deshalb werde ich jetzt auch nicht herumzicken, sondern tapfer Ziegen und Kisten und alles andere ertragen, wenn ich nur bei ihm bleiben und mit-

way Richtung
place Ort
galley Kombüse
careful vorsichtig
get holen
smell Geruch
too (all)zu

fahren darf – auch wenn mir der Gedanke, unter die Treppe in diese enge Höhle zu kriechen, sobald jemand hier herunterkommt, nicht behagt.
Als hätte er meine Gedanken gelesen, drückt Tarym kurz meine Hand und gibt mir Kerzen und Zündhölzer und eine Decke. Dann ist er auch schon halb die Treppe hinauf. "I'm a ship's boy now, you know that? I have **duties**. But I'll come back **as soon as** I can. Here, take my food and water. You can eat all you want." Er drückt mir das Bündel in die Hand, das Nurinai ihm gepackt hat, und einen Wasserschlauch dazu, und schon ist er verschwunden.

duties Pflichten
as soon as sobald
all the best alles Gute

Während es draußen langsam hell wird, versuche ich es mir unter der Treppe gemütlich zu machen. Zweimal höre ich die Luke über mir quietschen, lösche das Licht und kauere mich in die Schatten, während einer der Seeleute etwas holt. Das Schiff schaukelt unruhig, aber einigermaßen gleichmäßig. Als ich hungrig werde und Taryms Proviant auspacken will, erlebe ich eine Überraschung. Das Paket enthält von allem zwei: zwei Äpfel, zwei kleine Laibe Brot, zwei Rationen gedörrten Fisch. Verwundert entdecke ich einen winzigen Zettel. Warum hat Nurinai Tarym eine Nachricht geschrieben? Er kann doch gar nicht lesen.

Dear Gwenny, dear Tarym,
*I wish you **all the best** on your journey. Tarym, please take care of my little Gwenny.*

Her mother will blow me away if ***anything*** *happens to her.*
With love,
Nurinai

Ich bin mit einem Mal so glücklich in meiner engen Ziegenrumpelkammer, dass ich jubeln könnte vor Freude.
Und das tue ich auch.
Ganz, ganz leise, versteht sich.
Ach, Nurinai. Du hast gewusst, dass ich gehen würde. Und du hast mich nicht zurückgehalten. Das bedeutet doch, dass du es richtig findest, oder? Ja, mache ich mir selbst Mut, genau das bedeutet es. Denn wenn Nurinai die Sache für schrecklich gefährlich halten würde, dann *hätte* sie mich doch zurückgehalten, oder? Ja, das hätte sie.
Ich stelle fest, dass ich ruhiger werde. Ich packe meine Vorräte zu den Nahrungsmitteln aus Taryms Bündel, lösche das Licht, kuschele mich unter Taryms Decke und rolle mein Tuch zum Kopfkissen. Nurinais Foulard. Hatte ich nicht gesagt, es nimmt niemals einen Geruch an? Das stimmt nicht, wie ich schläfrig feststelle. Es riecht nach Weite, nach Horizont und Unendlichkeit, Geborgenheit und Heimat.

anything
irgendetwas
Wake up!
Wach auf!

"Gwenny! Gwenny, **wake up!**"
Tarym kniet vor mir und schüttelt mich sanft. Ich blinzele und kann nur mit Mühe einen Aufschrei unterdrücken, so fährt mir die Panik in die Glieder. Neben Tarym hebt sich deutlich eine weitere Gestalt ab!

thought dachte
secret Geheimnis

Hat er mich verpfiffen? Aber warum?
Ich springe auf und stoße mir den Kopf an den Holzbalken über mir. Tarym kommt ebenfalls auf die Beine und lacht mich aus, während ich vor mich hinfluche und mir den Kopf reibe. Endlich kann ich das Gesicht seines Begleiters erkennen und einen Augenblick lang fehlen mir die Worte.
"Was tust *du* hier?", frage ich endlich.
"Das könnte ich dich auch fragen!", gibt Ravi zurück und lacht. "Aristales is here. I am with him. I am his apprentice. Didn't you know that?" Er wählt jedes Wort mit Bedacht.
"No", antworte ich zögernd. Aristales? Hatte Garolan diesen Namen nicht erwähnt? Der Mann, der die Befehlsgewalt auf diesem … Forschungsschiff inne hat? *Johnsons* Forschungsschiff? Das kann doch unmöglich derselbe Aristales sein, der mich und Nurinai jahrelang immer wieder besucht hat?
"Which Aristales are you talking about?", frage ich. Doch nicht der, der mit dem König hier auf dem Schiff ist? "You're his apprentice?"
Ravi zuckt gleichmütig mit den Schultern. "I **thought** you knew. Did Nurinai never tell you?"
Immerhin muss ich nichts mehr übersetzen. Er hat wirklich schnell gelernt, auch wenn seine Aussprache seltsam und ungewohnt klingt.
"Nurinai knows how to keep a **secret**", brumme ich statt einer Antwort. Ich bin gekränkt, aber mehr als das bin

ich verwirrt. Ravis "Oheim" ist also der Aristales, von dem König Garolan vorhin gesprochen hat. Und offensichtlich hat dieser Aristales Ravi in einiges mehr eingeweiht als Nurinai mich.

"I told Ravi that you were here. I trust him. He **supported** me when I **went** to speak to the king. And he's promised me to help me if he can. Help me to find Rhyn", mischt sich Tarym ein.

Ich nicke. Das ist ja alles schön und gut, aber es beantwortet meine Frage nicht. "But who is Aristales? What is he doing here?"

Da Tarym uns versichert, dass wir im Moment ungestört sind, setzen wir uns auf ein paar Kisten in der Nähe eines Bullauges. Auch wenn es inzwischen Tag ist, drücken düstere Sturmwolken auf das Schiff. Tarym entzündet eine Kerze und klebt den dicken Stumpen mit etwas Wachs auf eine der Kisten. Mit einem entschuldigenden Seitenblick auf Tarym beginnt Ravi, nun doch wieder in der Sprache Windhags zu erklären.

"Aristales ist der Hofalchemist von König Garolan. Ich wurde als Kind bei ihm aufgenommen und er lehrte mich alles, was ein Alchemist wissen muss. Aristales ist ein Heiler, der alle Krankheiten kuriert. Er dokumentiert das Leben und die Geschichten am Hofe und liest in den alten Aufzeichnungen. Und er forscht. Das ist auch der Grund unserer Reise. Es gibt Dinge, die er auf Maiden Bay untersuchen möchte: Warum diese Insel unerreichbar ist zum Beispiel. Offiziell werden wir

supported hat unterstützt
went ging

will rescue werden retten
will die werden sterben
without ohne
reach erreichen
will get to … werden zu … gelangen
only one Einzige
pass through durchqueren
will get through werden durchkommen

die Pantomimen-Vögel erforschen. Sie sind Verwandte der Spottdrossel."

"König Garolan als Vogelforscher, was für eine lustige Idee!" Ich muss lachen.

"Es sind Vögel, die es nur auf Maiden Bay gibt und die seit Jahren ihre Nistplätze nicht anfliegen können", erwidert Ravi ernst.

"Ich finde, es ist eine gute Idee", sage ich, noch immer lachend.

"Danke! Sie ist nämlich von mir", sagt Ravi und grinst. "Was wir in Wahrheit auf Maiden Bay tun werden, wenn es uns denn gelingt, dorthin zu gelangen, weiß ich nicht", fährt er fort. "Ich vermute, unsere Aufgaben werden sich offenbaren, wenn wir erst einmal dort sind." Er stößt mit einer ungelenken Geste Tarym mit dem Ellbogen in die Rippen und lächelt verlegen. "And I will help Tarym. We **will rescue** his little sister Rhyn."

Ich drücke Taryms Hand. "I will help you, too!"

Das klingt mutiger, als ich mich fühle, aber wie heißt es in einem von Nurinais Liedern, das ich so liebe? "We **will die** when we die, but let's live **without** fear."

Tarym sieht mir fragend ins Gesicht. "Well said, storm maiden."

"But how can we **reach** Maiden Bay? How **will** we **get to** the island?", frage ich. "If Howard is the **only one** who can **pass through** the storm wall, how **will** *we* **get through**?"

Da beginnt Ravi, von den Plänen des Königs zu erzählen, und ich verstehe jetzt, warum Garolan als einfacher Mann gekleidet ist. Unser Schiff und sein Begleitschiff wollen vor Maiden Bay kreuzen und Kapitän Howard abfangen. Garolan und Aristales, als Vogelforscher getarnt, wollen Howard bitten, sie auf die Insel mitzunehmen. Natürlich wären sie bereit, einen guten Preis für die kurze Passage zu zahlen. Und weil Howard geldgierig ist, wird er das Angebot zumindest überdenken.

Ein guter Plan. Aber ich habe noch eine Frage. "This storm wall **around** Maiden Bay – what is it? Do you know?"

around um
wind spirit Windgeist
somehow irgendwie
were wärst
(not) after all doch (nicht)

Tarym reißt erstaunt die Augen auf: "You *don't* know what it is?"

"Why should I?", gebe ich patzig zurück.

Tarym sieht mich aufmerksam an und scheint um Worte zu ringen. "I thought you were … erm … well, you look like a **wind spirit**. **Somehow**. But if you **were**, you would know about the wall. So … I suppose you are**n't** a wind spirit, **after all** … ?"

Das klingt enttäuscht und ich werde ein klein wenig wütend, weil ich nicht die geringste Ahnung habe, wovon er redet. Stumm frage ich mich, ob da vielleicht ein Schild auf meiner Stirn klebt, das jeder außer mir sehen kann und auf dem in klaren und deutlichen Buchstaben geschrieben steht: "Bitte sprechen Sie mit diesem Mädchen stets in Rätseln. Vielen Dank."

thunder Donner
waves Wellen
higher höher
tallest größten
strange seltsam
eerie unheimlich
arrive ankommen
describe beschreiben
properly richtig
different anders
stop treating me hör auf, mich zu behandeln

Ravi kann mit Taryms Gestammel genauso wenig anfangen wie ich.
"But what is this storm wall?" Ravi lässt nicht locker.
"It is a ring that circles Maiden Bay, out at sea; a kind of weather-wall where it is always stormy. You can see lightning, but there's no **thunder**. The **waves** inside the storm wall are **higher** than the **tallest** ships."
Wir schweigen beeindruckt, ohne diese Erklärung so recht zu verstehen.
"And what are wind spirits?", fragt Ravi weiter.
Tarym setzt mehrmals zu einer Antwort an und schüttelt dann den Kopf. "They are … **strange**. **Eerie**. You'll see them when we **arrive**. I … can't **describe** them **properly**."
"But you think I look like a wind spirit?", rufe ich wütend und springe auf. "Do I? Why? What is it that's so **different** about me?" Mit jedem Wort wächst der Zorn in mir, braut sich der Sturm in meinem Inneren zusammen, zucken die Blitze. "Listen, Tarym, and remember: **stop treating me** like … like …" Mir fehlen die Worte. Ich trete noch näher an ihn heran, balle meine Faust und stoße sie mit jedem Wort etwas weiter in seine Richtung: "I – am – not – eerie. Do you understand? I – am – not ..."
Tarym reagiert nicht. Er schaut gar nicht mich an, sondern etwas hinter mir. Ravi genauso. Ich drehe mich um. Die Kerze ist erloschen.

Sailing Home

"What happened?"
"Wind. A **sudden** gust. You **made** it. It **blew out** the candle", flüstert Tarym ungläubig.
Ich öffne langsam meine geballten Fäuste und lasse die Arme sinken. Ich weiß genau, wovon sie sprechen. Manchmal entsteht so eine Art Windstoß, wenn ich sehr zornig bin. Wäre die Kerze nicht festgeklebt gewesen, hätte ich sie mühelos von der Kiste gefegt. Nurinai hat über meine Zornesstürme gelacht, aber sie hat mir auch wieder und wieder eingeschärft, ich solle mich vorsehen, damit es niemand sieht. Weil niemand sonst so etwas könne, auch sie nicht. Und doch hätte ich nie gedacht, dass es so verstörend für andere sein könnte. Eines steht fest: Ich muss noch eine ganze Menge lernen im Umgang mit Menschen und im Umgang mit mir selbst. Im Umgang mit meinem Zorn.

sailing segelnd
home nach Hause
sudden plötzlicher
made hast gemacht
blew out hat ausgeblasen

Was hat Tarym schon getan? Er hat nur gesagt, was er sieht. Er hat mich mit Wesen verglichen, die ich nicht kenne. Sie mögen unheimlich sein, aber hat er auch nur mit einem einzigen Wort erwähnt, dass sie dumm wären oder ekelhaft oder nach Ziege stinken? Das hat er nicht. Also gab es keinen Grund, wütend zu werden.
Eines habe ich verstanden, ohne dass es mir jemand erklären muss: Wenn ich weiterhin mitfahren will auf

diesem Schiff, dann darf ich niemanden in Gefahr bringen. Dann muss ich aufhören, mich zu gebärden wie eine dumme Göre, dann darf ich nicht mehr laut herumschreien und Wind heraufbeschwören. Ich bin ein blinder Passagier und verstecke mich auf einem Schiff, und wenn ich gefunden werde, bringe ich nicht nur mich selbst in Schwierigkeiten, sondern auch die beiden, die mir helfen. Und weil das so ist, verspreche ich mir selbst hoch und heilig, dass ich fortan jedes Mal, wenn ich zornig werde, zuallererst bis zehn zählen werde. Mindestens. Und zwar langsam.

"Sorry", sage ich. "I **didn't mean to** … it's just that I sometimes get … a little **more upset** than I should. I can't promise that it will never happen again, but I promise I'll try to **control** it. Will you do something for me, **though**?"

didn't mean to wollte nicht
more upset aufgebrachter
control kontrollieren
though aber

Tarym grinst mich aufmunternd an und Ravi nickt. "Schieß los", sagt er.

"Tell me: what is it that's so different about me?"

"Das", sagt Ravi leichthin und deutet auf die Kerze. "Genau das ist komisch an dir. Und dass du aussiehst wie ein Geist. Tarym hat recht. Ein schöner Geist übrigens, falls du es genau wissen willst."

Jetzt werde ich auch noch rot, während meine Wut endgültig verpufft.

Tarym räuspert sich. "That's not fair." Auch wenn er die Worte nicht verstehen konnte, sieht er mir meine Verlegenheit doch an.

Ich spüre deutlich, dass Ravi und Tarym mich mögen. Die ersten Freunde in meinem Leben.

"So what do we do now?"

Ravi und Tarym recken sich und springen ebenfalls von ihren Kisten. Tarym muss zurück an Deck und auch Ravi kann nicht ewig bleiben. Das ist wohl der Unterschied zwischen blinden und echten Passagieren: Die einen haben viel zu tun und die anderen langweilen sich in Treppenverschlägen zu Tode.

Ich lächele möglichst gleichmütig. "**All right. See you later.**"

Ravi ist schon halb die Treppe hinauf, da fällt mir noch etwas ein. "Ravi, why did you and Aristales come to **visit** me and Nurinai all **those times**? What did they talk about, and why did we have to stay outside? Do you know?"

All right. In Ordnung.
See you later. Bis später.
visit besuchen
those diese
times Male
else sonst
would have been wäre gewesen
brought up großgezogen hat
nanny Kindermädchen

Er lächelt und sieht mich versonnen an. Ich bin ziemlich sicher, dass ihm einmal mehr eine Bemerkung über die geheimniskrämerische Nurinai auf der Zunge liegt, aber er schluckt sie hinunter. Stattdessen antwortet er mit einem Seitenblick auf Tarym: "Well, Gwenny, I think it has something to do with you."

"With me?"

"Yes. I'm sure of it. You are important to the king. Why **else would** it **have been** Nurinai who **brought** you **up**? Nurinai was his **nanny**. King Garolan's nanny."

"So Nurinai isn't your mother?", fragt Tarym.
"Nurinai was Garolan's *nanny*?!", frage ich.
Meine Nurinai soll schon den König großgezogen haben? Das zu glauben fällt mir schwer.
Aber Ravi sieht mich ernst an. "I have no idea why Nurinai never told you. Aristales came to visit you **to make sure** that you were **both** all right."
Ravi schaut mich an, als sei es das Selbstverständlichste der Welt, während ich ganz langsam zu verstehen beginne, was er da gerade über mich gesagt hat.
"Me? … I **mean** … But, Ravi, why would I be important to the king? I've **only** met him once in my life, and …" Ich halte inne, weil diese Begegnung noch immer etwas ganz Besonderes für mich ist und ich sie mit niemandem teilen will. Stattdessen sage ich: "That doesn't make any **sense** to me."
Auch Tarym schüttelt den Kopf. "If she is so important – to the king, I mean – why doesn't she live in the palace? Why hide her away in a **fisherwoman**'s **cottage**?"
Ravi sieht mich lächelnd an. "I don't know. But if you don't know something, you can always try to find out. And that's what we should do."
Und mit diesen Worten huscht er die Treppe hinauf und ist verschwunden.

to make sure um sicherzustellen
both beide
mean meine
only nur
sense Sinn
fisherwoman Fischerfrau
cottage Häuschen

Drei eintönige Tage vergehen, nur von Taryms oder Ravis kurzen Besuchen unterbrochen. Manchmal spähe ich aus der Luke und nachts sehe ich Garolan an der Reling stehen. Dann trägt der Wind leise seine Stimme zu mir, während er sein altvertrautes Lied singt:

"Storm maiden, lost maiden, listen: I'm near,
My love and my feelings are all still sincere.
And though we have never met, listen, my dear,
Whenever you need me, I promise: I'm here."

Ja, denke ich dann, ich bin auch hier. Und wenn ich dir wirklich wichtig sein sollte und wenn du dein Lied nur ein einziges Mal auch ein ganz klein wenig für mich gesungen haben solltest, mein König mit den traurigen Augen, dann wäre ich der glücklichste Mensch auf der ganzen Welt.

Aber das Träumen allein ist nichts, was einen viele Stunden am Tag bei Laune hält, erst recht nicht, wenn man es gewohnt ist, sein Leben auf dem Meer und auf den Felsen zu verbringen und nicht zusammengekauert unter Treppen. Deshalb halte ich es irgendwann einfach nicht mehr aus.

Heute ist die See stürmisch, das Schiff tanzt auf den Wellen, die krachend an die Flanken des Schiffes schlagen. Regen prasselt auf das Deck. Männer huschen hin und her, schreien ihre Befehle gegen den Wind. Einige stehen in der Nähe des Hauptmastes, zu ihren Füßen ein unordentlicher Haufen Segel und Seile. Offensichtlich wurde eines der Segel von den Masten gerissen. Es scheint, als versuchten sie, den Stoff zusammenzurollen. Ich erkenne Taryms flinke Gestalt, wie er sich gewandt zwischen dicken Seilen hindurchwindet und schließlich, ein dünneres Tau um sein Handgelenk geschlungen, die Takelage erklimmt.

Erwartungsvoll starren die Männer nach oben. Plötzlich fällt Tarym! Nein – er ist gesprungen, oder? Es sieht beinahe so aus, als fliege er, das dünne Seil um die Hüfte, bis mitten hinein in den unteren Teil der Takelage, ehe er sich an den verflochtenen Strängen festhält. Er löst das Seil und ist schon wieder nach oben verschwunden. Die Männer ziehen an dem dünnen Seil, das Tarym hoch oben irgendwo herumgeschlungen haben muss, und nach und nach straffen sich die Seile und das Segel wird hinaufgezogen. Ein Lied fällt ein in den Gesang des Sturmes, gibt der Arbeit der Matrosen einen gleichmäßigen Rhythmus. Die Worte wehen an mein Ohr:

hundred
hundert

"A ***hundred*** *years is a very long time*
(oh, yes, oh)
A hundred years is a very long time,
A hundred years ago."

Das Segel rauscht empor. Es bauscht sich, windet sich, doch die Seile führen es stetig am Mast entlang. Der Sturm reißt an der Plane, als wolle er damit spielen. Weit oben sehe ich Tarym und einen anderen Schiffsjungen.

*"They **used to think** that pigs could fly*
(oh, yes, oh)
I don't believe it, no, not I,
A hundred years ago."

Tarym und der Junge packen das eingerollte Segel. Der Wind reißt an den Seilen. Dort unten halten sie ein Dutzend Männer fest.

*"They thought the moon was **made of** cheese*
(oh, yes, oh)
You can believe it, if you please,
A hundred years ago."

Tarym und der Junge sitzen rittlings auf dem breiten Querbalken, die Beine mit den nackten Füßen eng um das Holz geschlungen. Da tanzt eine Frage durch meine Gedanken: Ob der andere Junge auch fliegen kann wie Tarym?

*"They thought the stars **were set alight***
(oh, yes, oh)
By some good angel every night,
A hundred years ago."

"Tarym!"
Der Junge schreit auf, während er rückwärts vom Querbalken rutscht. Tarym lässt das Segel los. Wirft seinen Ober-

used to think haben früher gedacht
made of aus
were wurden
set alight angezündet
some irgendeinem

körper nach vorne und packt die Handgelenke des Fallenden. Deutlich höre ich ihre Schreie, die der Wind zu mir hinüberträgt.

"Please, Tarym, **don't let** me **go**!"
"**Hold on tight!** Hold on!"
"I'm falling! Something is pulling me! Tarym, help me!"
Erschrocken halte ich inne, grabe die Nägel in meine Handflächen, konzentriere mich. Habe ich das getan? Nein, oder? Ich kann Kerzen auspusten, aber ich kann doch nicht Menschen von Masten wehen? Oder doch? Mit einem Mal bin ich mir dessen nicht mehr sicher.

don't let go lass nicht los
Hold on tight! Festhalten!
heard hätte gehört
homeward bound auf der Heimfahrt
Belay! Festmachen!

Tarym zieht den Jungen zu sich herauf, der zitternd und weinend an den Balken geklammert liegen bleibt. Tarym macht das Segel allein fest und schon wirft sich der Wind gegen die weite Fläche. Seltsam, die Matrosen unten haben nichts davon mitbekommen, dass einer von ihnen fast gestürzt wäre. Und Tarym hat mich nicht gesehen. Ich bin froh darüber.

*I thought I **heard** our old man say*
(oh, yes, oh)
*That we were **homeward bound** today,*
It's time for us to go!

Mit einem langgezogenen ***Belay!*** ist ihre Arbeit getan. Langsam komme ich wieder zu mir, nehme meine unmittelbare Umgebung deutlicher wahr. Regen tropft von der Luke, die ein schützendes Dach über meinem Kopf bildet. Ich löse meine vor Kälte und Feuchtigkeit verkrampften Hände. Die Worte des Shanty klingen in meinem Kopf, mischen sich mit dem Rollen der Wellen. Ich war nicht die Einzige, die den Matrosen gelauscht hat. Ganz kurz haben die Böen innegehalten in ihrem Ziehen und Zerren und die Seemänner gewähren und das Segel setzen lassen. Die Männer haben den Sturm beruhigt mit ihrem gleichmäßigen Rhythmus. Ob sie das wissen und deshalb singen?

Die Gelegenheit ist günstig, niemand achtet auf mich. Anstatt mich in den engen Laderaum zurückzuziehen, schlüpfe ich aus der Luke und gehe hinter einer Holzwand in Deckung. Mir ist eine Idee gekommen: Ich werde mich in Aristales' Kabine schleichen. Ich will herausfinden, ob etwas dran ist an dem, was Ravi erzählt hat. Der Alchemist dokumentiert das Leben am Hofe, hat er gesagt. Wenn er mich also wirklich für eine Prinzessin oder etwas in der Art hält, dann muss er doch dazu etwas aufgeschrieben haben, oder? Ich weiß, ich tue etwas ganz und gar Verbotenes und Nurinai wäre wütend, wenn sie mich sehen könnte. Ich schäme mich auch dafür und gehe trotzdem weiter.

Ich folge der Beschreibung, die der König seinem Soldaten gegeben hat, und ehe ich mich versehe, befinde ich mich in einer großen Kabine. Niemand hat mich bemerkt. Mir sinkt der Mut, als ich vor dem riesigen Tisch darin stehe. Alles ist mit Papieren bedeckt. Alles!

Ich habe noch nie so viel Papier auf einmal gesehen. Eine Seekarte, auf der eine Insel abgebildet ist – Maiden Bay. Um die Insel ist ein Kreis gezogen, der mit einem Kreuz versehen ist … vermutlich die Stelle, wo die Schiffe auf Howard warten wollen. Während ich noch die Karte betrachte, zieht ein dickes, aufgeschlagenes Buch mich geradezu magisch an.
Doch bevor ich einen weiteren Blick darauf werfen kann, geht die Kabinentür auf! Ich beiße mir auf die Lippen.
Wo mich verstecken?
Unter dem Schreibtisch.
Nein. Zu spät.
Niemand Geringeres als Garolan steht in der Tür und blickt mir ins Gesicht. Ich lasse mich zu Boden fallen, krabbele auf allen vieren rückwärts und drücke mich an die Holzwand hinter dem Tisch. Jeden Augenblick wird sich Garolan zu mir herabbeugen und mich zu sich winken. Am liebsten würde ich mich vor Scham in Luft auflösen.

It serves you right.
Geschieht dir recht.

Über mir raschelt es. Immer noch geschieht nichts. Ich bin sicher, dass Garolan jetzt mein Herz schlagen hören muss. Aber seine Schritte entfernen sich wieder. Kurz danach klappt die Tür und Stille tritt ein. Ich warte ab, ehe ich mich schließlich unter dem Schreibtisch hervorarbeite.
Ich muss mich wohl im letzten Moment geduckt haben. Mein Herz klopft, als wolle es zerspringen. ***It serves you right***, höre ich Nurinai sagen, und sie hat recht. Das

habe ich nun von meiner Schnüffelei. Deshalb gehe ich auch. Jetzt gleich. Sofort.

Während ich tief durchatme, um mich weiter zu beruhigen, sehe ich mich noch einmal um. Die Karte ist weg, das Buch liegt noch da. Auf seinen Seiten erkenne ich nichts als Zeichnungen und Formeln. Ein Edelstein, eine wilde Spirale, in der ein Gesicht angedeutet ist. Ein Symbol, das einem Anker ähnelt. Enttäuscht wende ich mich ab. Wenn es Aufzeichnungen über mich gibt – vorausgesetzt, Ravi hat sich nicht verhört –, dann schlummern sie vermutlich in den Hofarchiven des Palastes. Ich werde hier nichts finden.

Gerade als ich den Raum verlassen will, wird mir die Tür fast ins Gesicht geschlagen.

"Was machst du hier!", bellt eine Männerstimme.

Like a Ghost

Ich glaube, niemand kann sich meine Erleichterung vorstellen, als Ravi mich hastig zurück in die Kabine drängt. Der Regen tropft von seinen und Taryms Kleidern und wenn das möglich ist, ist Tarym noch nasser als Ravi. Er hält ein Stück Stoff vor eine blutende Wunde am Arm und fährt mich an: "Are you **crazy**? You have to stay in your hiding place! You're a stowaway – what if someone sees you?"

"You're not my nanny, Tarym", erwidere ich wütend. Wieder spüre ich den Sturm kommen und erinnere mich gerade noch daran, dass ich mir vorgenommen habe zu zählen. "One", sage ich. "Two. Three. Four."

Tarym sieht mich an, als hätte ich den Verstand verloren. "What are you *doing*?"

"I'**m counting**", sage ich schlicht. "Just to remind me to think first when I get angry, and not … do anything **by mistake**."

Ravi nickt kurz anerkennend, dann schüttelt er vorwurfsvoll den Kopf. "Tarym **is right**, Gwenny. Go back to your hiding place. I **have to look at** Tarym's **wound**. It's not too bad. We will come and visit you soon. I have some news for you."

Wieder ist meine Zunge schneller als mein Verstand. "News? What news? Tell me!" Ich muss noch viel lernen.

crazy verrückt
am counting zähle
by mistake aus Versehen
is right hat recht
have to look at muss mir ansehen
wound Wunde

Sehr viel. Geduld zum Beispiel. Und weiß: Das wird schwierig. Sehr, sehr schwierig.
Ravi wirft einen unschlüssigen Blick auf die Tür. Als Tarym ihn daran erinnert, dass Aristales und Garolan mit dem Kapitän den Kurs besprechen, gibt er nach. Er weiß, wie lange diese Besprechungen dauern, zu oft war er schon dabei und hat sich gelangweilt. Er bedeutet Tarym, sich auf einen Stuhl zu setzen, kramt eine kleine Kiste hervor und beginnt, dessen Wunde zu versorgen.
"Did you see this book?" Er deutet auf den Tisch, auf dem nun leider doch alles außer dem schweren Folianten in einem bunten Haufen zusammengeweht ist, als wäre eine Windbö hindurchgefahren.
Immerhin: nur eine kleine Windbö.
Ich nicke.
"All right, I'll try to **explain**. You remember the story Tarym told us about Maiden Bay and what happened all those years ago? Garolan married a wind spirit. We still don't know for sure what the **truth** is. The only thing we know is … that *you* **exist**." Er deutet ein wenig theatralisch auf mich, während er mit der anderen Hand mit einer Flasche voller roter Flüssigkeit vor Taryms Nase herumfuchtelt. Tarym verzieht angeekelt das Gesicht.
Ich erinnere mich an das Märchen von der Hochzeit von Garolan und einer Windprinzessin, aber wie das mit Märchen eben so ist: Sie sind nur Geschichten. Wenn es wahr wäre, hätte Nurinai mir sicher mehr davon erzählt. Das hätte sie doch, oder?

explain erklären
truth Wahrheit
exist existierst

Go on. Erzähl weiter.
human menschlich
flesh and blood aus Fleisch und Blut
the one diejenige
became geworden ist
forgot hast vergessen
silly albern
much viel
age Alter
ageless ohne Alter
That I do know. Das weiß ich sicher.

"**Go on**", sage ich und kann meine Ungeduld nur mühsam beherrschen. Ravi blinzelt, dann drückt er Tarym die Flasche in die Hand und ist mit einem Schritt bei mir. Ehe ich begreife, was er vorhat, hat er mir heftig in den Arm gekniffen.

"Hey! What are you doing? Stop it, that hurts!"

Ungläubig reibe ich mir die schmerzende Stelle. Aber Ravi macht eine triumphierende Miene. "You see? You are **human**. You look like a wind spirit, but you are **flesh and blood**, like us!"

Tarym sieht Ravi genauso verwirrt an wie ich. Welch eine Erkenntnis! Und wenn sie tausendmal behaupten, ich sähe wie einer dieser Windgeister aus: Ich bin ein Mensch! Das hätte ich ihm auch sagen können, ohne dass er mich kneift.

"Gwenny, I believe you are the wind spirit in the story. **The one** who **became** Garolan's wife. I think that when you became human you **forgot** everything that had happened."

"His *wife*?! Don't be **silly** – I'm **much** too young!" Was ist denn das jetzt für ein Unsinn? Ich soll Garolans *Frau* sein? Was für eine dämliche Idee!

"I don't think your **age** is important", sagt Ravi ruhig. "Wind spirits are **ageless**; **that I do know**."

“Wind spirits can’t become human!” Tarym ist aufgesprungen, das Fläschchen immer noch in der Hand. Wir reden gleichzeitig auf Ravi ein. Was er sagt, ist undenkbar. Ich bin kein Windgeist. Bin nie einer gewesen. Ravi verbindet schweigend Taryms Wunde und ich schaue ratlos zu. Schließlich geht er hinüber zum Tisch, nimmt das Buch und deutet nacheinander auf die Bilder, während er das dort dargestellte Ritual erklärt: Ein Alchemist kann jeden Stoff in einen anderen Zustand versetzen. Und Aristales kann sogar Lebewesen verändern. Behauptet zumindest Ravi. Ich verstehe nur so viel, dass Ravi davon überzeugt ist, Aristales könne aus Windgeistern Menschen machen, indem er ihre Seele in einen Stein verwandelt – ein ungeheuer komplizierter alchemistischer Prozess! Mit diesem Seelenstein muss dann noch ein viel komplizierteres Ritual durchgeführt werden, damit am Ende aus dem Windgeist ein Mensch geworden ist. Ravi deutet auf die Abbildungen der Spirale, des Edelsteins und des Gesichtes.
Und so etwas soll Aristales mit Garolans Braut gelungen sein? Und ich … ich soll diese Braut gewesen sein? Das ist doch Unsinn! Ich habe bei Nurinai gelebt, seit ich ein kleines Kind war. Und die Sache mit der Seelenwanderung, die Ravi jetzt erklärt, verstehe ich erst recht nicht mehr. Als er schließlich an dem Punkt angekommen ist, dass die Seele auch aus dem Stein heraus und in einem menschlichen Anker gebunden sein kann und das den Windgeist dann ganz zum Menschen machen würde, steige ich aus. Das ist mir zu hoch. Alles.

"Stop it!" Endlich gelingt es mir, Ravis Redefluss zu unterbrechen. "So this book describes **how to turn** a wind spirit **into** a **human**. And you're sure that it works. But how do you know that Aristales **has ever done** it?" Ravi blickt noch einmal auf den Berg Papier auf dem Tisch und zieht eine dünnere, mit Leder eingebundene Kladde hervor. "Every alchemist **keeps a** kind of **diary**", sagt er. "It's not **private**. It's my duty to read his, and to keep it myself one day. It's a **record** of his **research**. He **has written** the **chapters** about Maiden Bay in Tarym's **mother tongue**. I couldn't understand them properly **before**, but now I can. I understand it much better now, because I've been talking to Tarym."
Er lächelt stolz.
"Go on. What does it say?", will ich wissen.
Ravi nickt, und weil er weiß, dass es länger dauern wird, uns das zu erklären, verlegen wir unsere Sitzung in den Laderaum und huschen zu meinem Versteck zurück. Glücklich dort angekommen, fasst Ravi für uns seine Erkenntnisse zusammen. Er muss wirklich viel gelesen haben in den letzten Tagen. Für ihn gibt es an den Aussagen in Aristales' Tagebuch über seine Experimente in Maiden Bay keinen Zweifel: Es ist

how to turn ... into ... wie man ... in ... verwandelt
human menschliches Wesen
ever je
has done getan hat
keeps a diary führt ein Tagebuch
private privat
record Aufzeichnung
research Forschungen
has written hat geschrieben
chapters Kapitel
mother tongue Muttersprache
before vorher

dem Alchemisten gelungen, zwei Windgeist-Frauen in menschliche Gestalt zu bannen. Er hat sogar ihre Namen aufgeschrieben: Kahelis und Mandala. Und wenn es stimmt, was Tarym sagt, dann hat Garolan eine von ihnen in jener schicksalhaften Nacht geheiratet. In jener Nacht, von der Nurinai mir erzählt hat – der Nacht des großen Sturms. So weit, so gut. Aber ich kann nicht begreifen, was all das mit mir zu tun haben soll. Wenn Garolan wirklich … wenn er mich kennen sollte, dann hätte er doch schließlich jederzeit von seinem Palast herabsteigen und mir mein Nachtlied an meinem Bett singen können! Er hätte mir Schokolade bringen und zu uns zum Essen kommen können. Er hätte mit mir fischen fahren können. Er hätte alles Mögliche tun können. Aber wenn Ravi recht haben sollte, dann gibt es nicht einen einzigen Grund, warum Garolan nichts von alldem getan hat. Und deshalb muss Ravi sich irren.

means bedeutet
recognize erkennen
almost fast

Aber Ravi ist nicht überzeugt. Er erzählt und erklärt, doch ich verstehe trotzdem kein Wort. Auch Tarym versteht ihn nicht, und das stimmt mich ein klein wenig milder. Doch schließlich bin ich es leid. "All right, let's think about it", sage ich, um der Sache ein Ende zu machen. "Let's say you're right. That **means** Garolan would **recognize** me when he sees me. When we first met I was a little child, but now I am … well, I'm **almost** a … erm … woman." Ich lasse meinen Blick unsicher von Ravi zu Tarym gleiten, aber keiner von ihnen widerspricht mir. Ravi lächelt. Ich ignoriere ihn, sehe nur noch Tarym an und spüre meine Wangen glühen. "I will go and talk to him! Tonight. He **stands** on deck every night. **Alone**. He stands there and sings. Tonight I'll go and **meet** him."

Irgendwie gefällt mir die Vorstellung: Mein König wird mich erkennen und mich froh in die Arme schließen. Es ist ein schöner Traum und ich mag schöne Träume.

stands steht
alone allein
meet treffen
wool Wolle
to disguise ourselves um uns zu verkleiden
catches erwischt
were putting on haben abgezogen

"What if he doesn't recognize you?", gibt Tarym zu bedenken.

Ravi schaut sich nachdenklich um. Dann grinst er, zieht aus einer Ecke einen Wischmopp hervor, hält die Stange hinter den Rücken und legt sich den Mopp über den Kopf. Die hellen Fransen fallen ihm in die Stirn. "We'll use some white **wool to disguise ourselves** as wind spirits. If he **catches** us, we'll tell him we **were** just having fun – **putting on** a show. Playing wind spirits."

Er beugt sich zu Tarym vor. "Buuhuu!", haucht er ihn an. Tarym zuckt nicht mit der Wimper, ich aber muss kichern. Wer hätte gedacht, dass Ravi Humor hat?

"Don't be silly!", knurrt Tarym zurück, doch Ravi grinst, wedelt mit den Fransen und tanzt dumpf heulend um Tarym herum. Mein Lachen treibt Ravi zu immer tolleren Sprüngen an und schließlich versucht Tarym mit fuchtelnden Armbewegungen, den Geist zu vertreiben. Ich muss noch mehr lachen.

Schließlich legt Ravi den Wischmopp beiseite, wird langsam wieder ernst und schaut mich fragend an. “Do you think talking to Garolan will work, Gwenny?”
Ich bin ein blinder Passagier … Ist es das Risiko wert? Ich horche in mich hinein und stelle verwundert fest, dass ich keine Angst habe. Zu Garolan zu gehen, wenn er allein ist, fühlt sich richtig an.
“We'll have to see”, sage ich nur.

Keine fünf Stunden später ist es so weit.
Zur gewohnten Stunde tritt Garolan an die Reling und starrt hinaus auf das Meer. Es ist eine ruhige Vollmondnacht, der Wind bläht die Segel, treibt uns sanft voran. Einen Moment lang zögere ich. Soll ich es wirklich wagen, den König zu stören? Was ist, wenn ich mich irre und wir schrecklichen Ärger bekommen? Was ist, wenn ich mich lächerlich mache? Wenn es stimmt und er eine der beiden Windgeister-Frauen geheiratet hat, welche bin dann ich? Und sollte ich nicht seine Braut gewesen sein, hat er die andere überhaupt gemocht?
Zögernd trete ich zu Garolan heran, bis ich nah genug bin.
Vorsichtig streiche ich über seine Hand.
Er zuckt nur kurz zurück, flüstert dann: “I am a **fool**. I always was a fool. I know it, even though you are so **kind** and do not say so.”
Genau wie damals im Schlossgarten verstehe ich nicht, warum Garolan sich für einen Narren hält.

fool Narr
kind gütig

"But you are not a fool. The wind knows our secret", antworte ich unbeholfen.
Garolan lacht und nickt. "As always, I **don't expect** you to **answer**, Mandala, my love, but a fool is what I am. I still believe that I will find you, my love. What am I doing here? Leaving Windhag, my **kingdom**, to go on a **hopeless quest**. Maybe it will be **possible** to **calm** the storm."

don't expect erwarte nicht
answer antwortest
kingdom Königreich
hopeless hoffnungslose
quest Suche
possible möglich
calm beruhigen

Ich verstehe nicht. Bin ich Mandala? Seine Braut? Hatte Ravi etwa recht? Aber warum freut Garolan sich dann nicht und schließt mich in die Arme?
Ich warte, aber er schweigt.
Ich werde ungeduldig. Warum sieht er mich nicht wenigstens einmal an?
Ich zupfe an seinem Ärmel.
Er schüttelt den Arm, als wolle er ein Insekt vertreiben.
Ich hüpfe auf und ab, stampfe mit dem Fuß auf.
Er dreht sich nicht einmal um.
"Here I am! Here I am!", rufe ich. Ich wedele mit den Armen, bis ein leichter Luftzug entsteht. Garolan fährt sich selbstvergessen mit der Hand durch das Haar.
Ich schreie, so laut ich kann. Es schrillt mir in den Ohren, das *muss* er doch hören!
Erschreckt drehe ich mich um, als ich aus den Augenwinkeln eine Bewegung wahrnehme. Ravi und Tarym winken, bedeuten mir, ich solle leise sein. Mit hängenden Schultern gehe ich zu ihnen.

Wie ist das möglich? Warum reagiert Garolan nicht? "He can't hear me!", murmele ich traurig, als ich Tarym und Ravi erreiche. Ich fühle mich mutlos, klein. Ich liebe meinen König, liebe ihn von ganzem Herzen, seit jenem Tag vor vielen Jahren im Garten seines Palastes. Wie kann es sein, dass er mich nicht sieht? Dass er mich nicht hört? Hat er mich auch damals nicht wahrgenommen?

"It's **obvious** that he can't see or hear you. Calm down, Gwenny." Ich spüre Ravis tröstende Berührung, als er den Arm um mich legt und mich sanft, aber bestimmt zurück in Richtung Laderaum schiebt. "Go, **get some sleep**. There's nothing we can do now. We'll talk about it tomorrow."

obvious
offensichtlich
Get some sleep.
Schlaf ein bisschen.

Ich lasse den Kopf hängen und sage gar nichts mehr. Wie unsere Perücken werde ich zurück in den Schrank gesperrt. Und genauso fühle ich mich auch: wie ein Ding. Wie ein Gegenstand. Wie ein *Geist*.

Ich weine leise und ich weine lange und schließlich schlafe ich ein.

Invisible

Ravi hatte recht. Obwohl mir der Schock noch immer in den Gliedern steckt, tat es gut, zu schlafen. Schon früh am nächsten Morgen kommt Ravi zu mir und wir rätseln gemeinsam bei Dörrfleisch und Käse, warum Garolan mich nicht sieht. Wir kommen zu keinem Ergebnis. Es ist wie verhext!

Ja, verhext, vermutet Ravi, so etwas in der Art. Aber auch er kann sich keinen Reim darauf machen. Immerhin glaubt er jetzt nicht mehr, dass ich Garolans Braut bin. Denn dann, davon ist er überzeugt, wäre letzte Nacht etwas passiert. Irgendetwas wäre passiert. Mir will das nicht recht einleuchten, da müsste schon eine Erklärung her. Aber Ravi gibt mir keine. Und außerdem *ist* ja etwas passiert. Garolan hat mich nicht gesehen. Ist das etwa *nichts*?

invisible unsichtbar
airy luftig

"Das stimmt", brummt Ravi und ich bin es zufrieden. Bin es zufrieden, dass nicht gesehen zu werden immerhin nicht nichts ist.

Ravi sieht müde aus; er hat nicht geschlafen und sich durch die Schriften seines Lehrmeisters gelesen, ohne etwas Neues herauszufinden. Als Tarym schließlich zu uns stößt, fragen wir ihn noch einmal nach allem, was er über die Windgeister weiß. Tarym ist mit ihnen aufgewachsen, aber er ist ganz offensichtlich nicht in der Lage, uns ein stimmiges Bild von ihnen zu vermitteln. **Airy** – *kind of invisible, but you can still see them – light –*

eerie – beautiful, so beschreibt er sie. Aber er widerspricht sich, kann sich nicht entscheiden, ob sie nun eher schrecklich oder schön sind. Ich glaube, er hat Angst vor ihnen, aber weil er gesagt hat, ich sähe ihnen ähnlich, will er das nicht zugeben. Zumal ich ihm mehr als deutlich gemacht habe, dass ich den Gedanken unerträglich finde, er hätte Angst vor mir. Freunde sollen einander nicht fürchten. Sie sollen einander vertrauen.

Wir reden über die Aufgabe, die vor uns liegt. Tarym will so schnell wie möglich zu den Organ Cliffs. Wenn alles klappt, wird Ravi Garolan und Aristales auf das Schiff von Kapitän Howard begleiten. Tarym und ich werden versuchen, über eines der Bullaugen im Laderaum hinüberzuklettern. Tarym zweifelt nicht daran, dass uns das gelingen wird. Er kennt Howards Schiff in- und auswendig, und als ich mich daran erinnere, wie ich Tarym in der Takelage habe klettern sehen, glaube ich auch, dass es ihm mit Leichtigkeit gelingen wird, hinüberzugelangen. Wahrscheinlich *fliegt* er einfach hinüber. Dabei fällt mir ein …

lands landet an
loads up with lädt

Nein, denke ich dann und schiebe den Gedanken an den Jungen fort, der dort oben gestürzt ist. Es geht ihm gut, hat mir Tarym erzählt. Und ich habe jetzt ganz andere Probleme. Was ist, wenn ich es nicht schaffe, mich von Bullauge zu Bullauge zu schwingen?

"When Howard returns from a long journey it's always the same", erklärt Tarym uns. "He **lands, loads up with** food, and sails back to the Organ Cliffs. There he loads up with wind silk. Then he counts how **many** children have to … to be … **replaced**. And then he sails back to the island and catches some new ones. That's how he does it."

Taryms zitternde Hände strafen seinen nüchternen Tonfall Lügen. Er versucht, uns alles ruhig zu erklären, denn er weiß, dass er Rhyn und den anderen Kindern nicht helfen kann, wenn er sich seiner Wut und Trauer hingibt. Er spricht nicht gerne darüber und zeichnet nur ein ungefähres Bild von dem, was sich auf den Klippen abspielt. Kinder werden ersetzt wie Ersatzteile einer Maschine, die ihren Dienst versagen. Wenn sie zu alt und zu groß sind, jagt Howard sie über die Klippen. Als ich das höre, kann ich die Tränen nur mit Mühe zurückhalten. Sei keine Heulsuse, schelte ich mich. Was für einen Grund zu heulen habe ich? Ich habe Freunde. Zwei Freunde. Ich bin das erste Mal von zu Hause fort. Ich sehe die Welt … auch wenn das Abenteuer ganz anders ist, als ich es mir vorgestellt habe. Aber was habe ich mir schon vorstellen können? Ich bin zwölf Jahre alt, aber jetzt habe ich das Gefühl, kein Kind mehr zu sein. Ich habe mich verändert. Bin weniger unbeschwert und lerne, mich zu beherrschen, wenn der Sturm mich zu überrollen droht. Vielleicht werde ich herausfinden, wer ich wirklich bin. Und selbst wenn nicht: Ich werde einem Menschen helfen können, einen anderen Menschen zu retten. Mit etwas Glück werde ich Anteil daran haben, dass großem Unrecht Einhalt geboten wird. Ich

many viele
replaced ersetzt

werde Tarym und Ravi helfen, die Kinder von den Organ Cliffs zu befreien. Was mehr kann ich verlangen?

tavern Wirtshaus
warehouse Lagerhaus

Mit neuem Mut konzentriere ich mich wieder auf unsere Planungen. Die Besenkammer ist mittlerweile zu einer Art Hauptquartier geworden und das gefällt mir. Ein Schlachtplan entsteht und ich sitze mittendrin, knabbere an einem Apfelstück und lehne meinen Kopf an Taryms Schulter. Er lächelt erstaunt, lässt mich aber gewähren und erklärt weiter, was wir zu tun haben. Wenn alles klappt, werden Tarym und ich an Bord von Howards Schiff bleiben. Aber erst einmal müssen wir auf dieses Schiff gelangen. Dann wird Howard mit uns durch die Sturmwand fahren. Davor graust mir. Ich habe Nurinai zu oft von dieser Sturmwand erzählen hören und kann kaum glauben, dass man sie wirklich passieren können soll. Um ehrlich zu sein, kann ich mir noch nicht einmal vorstellen, wie sie überhaupt aussieht. Eine Sturmwand mitten im Meer? Also wirklich …
Das Erste und Wichtigste für Tarym ist, zu erfahren, wie es Rhyn geht. Und dazu müssen wir mit Howards Schiff zu den Organ Cliffs. Dann werden wir weitersehen.
"When we're back at Maiden Bay, Ravi will meet us at a **tavern** called the *Black Anchor*. Behind this tavern is a little **warehouse**. No one has used it for many, many years. We will be safe there."
Mir tut es jetzt schon leid, dass Ravi nicht mit uns gehen wird, aber er kann Aristales natürlich schlecht sagen, er

hätte anderes zu tun. Ich werde Ravi und seine klugen Ideen vermissen. Und was die Furcht anbelangt, sage ich mir wieder und wieder den Satz vor, den ich mir vor einigen Nächten in der Kammer als Lebensmotto für diese Reise zurechtgelegt habe: *We will die when we die, but let's live without fear.* Ich singe und bete es so lange herunter, bis es ein Teil von mir geworden ist.

Und genau das ist es an dem Morgen, an dem wir den Platz erreichen, wo wir Howard treffen sollen. Dem Morgen, an dem ich aufwache und weiß, dass alles gut werden wird. Ich drücke Nurinais Foulard fest an mich und bin fast ein wenig stolz auf mich.

I'll take care. Das habe ich Nurinai versprochen. Und genau das werde ich tun. Auf mich achtgeben und auf jene, die mir wichtig sind, um eines Tages mit einer Flasche *elder syrup* vor Nurinais Hütte zu stehen, sie wieder in die Arme zu schließen und ihr zu sagen, dass es richtig war, mich gehen zu lassen.

"And when this day comes", schwöre ich mir leise, "you will have to explain a lot of things to me, dear Nurinai. The first is why you **hid** so much from me. It **would have made** my new life so much easier if you **had told** me a little more, so that I didn't have to sail far away to find the answers myself."

"Gwenny, Gwenny", höre ich sie sagen. "**Curiosity killed the cat.**"

hid versteckt hast
would have made hätte gemacht
had told erzählt hättest
Curiosity killed the cat. Neugier ist der Katze Tod.

The Wind Spirit

Seit zwei Tagen kreuzen die Schiffe gemächlich auf demselben Breitengrad hin und her. Für mich ist es in meinem Laderaum noch langweiliger geworden, als es ohnehin schon war. Falls das überhaupt möglich ist.

Die See ist ruhig und kaum ein Wind regt sich über den Wellen. Umso größer ist der Kontrast zu der Sturmwand. Mittlerweile habe ich mich an ihren Anblick gewöhnt: Dunkle graue Wolken, so dicht, dass man meint, sie anfassen zu können, hängen über einem breiten Streifen stürmischer See. Eigentlich kann man nicht einmal erkennen, dass es nur ein Streifen ist, das wissen wir nur aus Taryms Schilderungen. Orkanartige Böen peitschen das Meer unter den Wolken immer wieder höher als unsere höchsten Masten. Und wenn eine der Wellen in Richtung der offenen See schwappt, bricht sie plötzlich mitten in der Luft, als sei sie gegen eine Mauer geschlagen. Ab und zu zucken Blitze aus den Wolken, aber weder Donner noch das Rollen der riesigen Wellen ist zu hören. Es ist absolut widersinnig, dass diese Wand dort steht, einfach so, mitten im Meer, und doch ist sie da. Wann immer es möglich erscheint, schleiche ich bei Nacht aus meinem Versteck und starre sie an. Wie gefährlich sie ist, davon zeugen die Wrackteile, die man – das hat Ravi erzählt – bei Tag am Meeresgrund schimmern sehen kann. Dutzende, hat er gesagt. Am Meeresgrund? Ja, Dutzende. Aber so furchterregend die Sturmwand auch ist und so unwirklich sie mir vorkommt, so vertraut ist sie mir zugleich.

Dann ist es endlich so weit. Tarym und ich vertreiben uns gerade die Zeit mit einem Würfelspiel – es gehört zu Garolans und Aristales' Plan, dass Howard Tarym in keinem Fall sehen darf und Tarym sich daher versteckt halten *muss*, was mir sehr recht ist –, als Ravi aufgeregt in den Laderaum gelaufen kommt.

"Howard's ship is coming!", wispert er. "We've waved our flags, and he's sailing this way. When he is **close** enough for you **to board** his ship, do it! But be careful. I don't know **whether** I **will be able** to come to you again."

close nah
to board an Bord zu gehen
whether ob
will be able es schaffen werde

Er drückt mich an sich, gibt Tarym einen kräftigen Klaps auf die Schulter und stürzt die Treppe wieder hinauf.

Keine zehn Sekunden später stehen wir vor dem Bullauge und warten. Ich merke, dass Tarym aufs Äußerste angespannt ist, als er Howards Schiff neben dem unsrigen auftauchen sieht, und mir geht es nicht anders. Aber während ich mich frage, ob Garolans Plan gelingen kann und was geschehen wird, falls Howard Garolans Bitte, sein Schiff durch die Sturmwand zu geleiten, rundheraus ablehnt, stelle ich zumindest erleichtert fest, dass das Wechseln des Schiffes einfacher ist, als ich es mir vorgestellt habe.

Wir öffnen das Bullauge und als wir sicher sind, dass die Luft rein ist, schwingt Tarym sich mit einem einzigen eleganten Schwung aus der Rundung. Mit einem Satz springt er hinüber und klammert sich an einen Vorsprung des anderen Schiffes. Mir stockt der Atem, doch er zieht sich mühelos hoch, stößt drüben ein Bullauge auf und ist augenblicklich darin verschwunden. Sein Kopf erscheint wieder in dem Bullauge. Er wirft mir ein Seil zu, und mit Hilfe dieses Seils bin ich kurz darauf neben ihm. Erstaunlich nur, dass Tarym meine Freude darüber, wie einfach alles war, nicht teilt. Im Gegenteil.

"**What's the matter**, Tarym? Are you all right?"

"Yes. No. Everything's fine."

"But you**'re frightened**."

"I am not frightened", knurrt Tarym unwirsch und ich verstehe.

What's the matter? Was ist los?
are frightened hast Angst
have changed hast dich verändert
for the worse zum Schlechten
are quoting zitierst
genius Genie

Es ist das Schiff. Es erinnert ihn an alles, was ihm hier geschehen ist. Wortlos nehme ich ihn in den Arm. "You're not alone", flüstere ich. "Why do I always have to remind you of your own words? Remember: if you look for a way, you will find one. All right?"

Er schaut mich zweifelnd an. "You **have changed**, little storm maiden, do you know that?"

Ich starre auf meine Schuhspitzen. "For the better or **for the worse**?", frage ich und bin nicht ganz sicher, ob ich die Antwort wirklich hören will.

"For the better, of course", sagt er und grinst dann über das ganze Gesicht. "I mean, you**'re quoting** a **genius** – what more can anyone expect from their best friend?"

Their best friend! Ich lasse mir fast gar nicht anmerken, dass ich fast gar nicht weinen muss, so sehr freue ich mich.
Über eine Treppe steigen wir ein Deck höher und finden einen Platz an einem Bullauge, das uns eine gute Sicht nach draußen gewährt. Und da sehen wir auch schon Ravi mit Aristales, Garolan und zwei von des Königs Männern an Bord kommen. Der Plan gelingt! Doch plötzlich werden wir zu Tode erschreckt, als eine Stimme leise ruft: "Tarym?"
Tarym erstarrt, dann flüstert er ungläubig: "Jaden?"

as well auch

Ein Junge tritt aus dem Schatten, hoch gewachsen, größer noch als Tarym. Was tut er hier?
Und genau das fragt Jaden Tarym und Tarym ihn. "What are *you* doing here?"
Die beiden starren einander an, erfreut und verlegen zugleich.
"So you are from the Organ Cliffs **as well**?", platze ich heraus, und der Junge namens Jaden macht einen Satz zurück, weil er mich bislang nicht bemerkt hat.
Tarym tritt mir gegen das Schienbein. Verdammt, das tut weh! Ich zähle bis zehn. Taryms Zopf beginnt leicht zu wehen, aber sonst bleibt alles ruhig.
So knapp wie möglich erklärt Tarym Jaden, dass wir uns an Bord geschlichen haben, um nach Maiden Bay zu gelangen und die Kinder von den Cliffs zu befreien. Und mir erzählt er, dass Jaden lange Zeit gemeinsam mit ihm auf den Organ Cliffs war. Tarym vertraut ihm vorbehalt-

los. Ich mag ihn nicht recht, ohne dass ich sagen könnte, warum. Vielleicht, weil er mich so herausfordernd angrinst? Und hat Tarym nicht erzählt, dass Howard alle Kinder, die zu groß sind, über die Klippen stößt? Tarym selbst hat nur überlebt, weil er geflohen ist. Aber Jaden? Er ist fast einen Kopf größer als Tarym und er ist hier auf Howards Schiff und sieht noch ziemlich lebendig aus. Schließlich fragt Tarym denn auch: "And you, Jaden? What happened to you?"

Jaden zuckt die knochigen Schultern. Er sieht nicht gerade aus, als ob es ihm wirklich gut ginge, so dünn ist er. "I am too old to **work** on the cliffs. For some reason Howard **offered** me **work** on the ship. I don't like it, but you know the alternative. You are the only one who **has** ever **escaped**."

Durch das Bullauge sehe ich, dass wir wieder Fahrt aufgenommen haben. Sorglos steuern wir direkt auf die Sturmwand zu. Keine Angst, sage ich leise zu mir. Keine Angst.

"Will you keep us safe?", höre ich Tarym fragen.

"Of course, my friend! Stay here and you **won't be discovered**."

Wenn das wahr ist, ist es gut für uns. Einen Verbündeten auf Howards Schiff können wir gebrauchen.

Meine Aufmerksamkeit wird jetzt völlig von der Wand beansprucht. Als wir die ersten Sturmwolken berühren, spüre ich ein leichtes Prickeln, aber

work arbeiten
offered hat angeboten
work Arbeit
has escaped entkommen ist
won't be wirst nicht
discovered entdeckt

das Schiff fährt hindurch, als ob die See genauso ruhig wäre wie zuvor. Nicht eine Welle schüttelt uns. Nicht eine Wolke legt sich um die Segel. Es ist, als ob eine Schutzglocke das Schiff umfängt, während um uns ein Inferno tobt und die Wellen sich an dieser unsichtbaren Wand brechen, wie wir es vorher beobachtet haben. Weit schneller als erwartet, sehe ich hinter den düsteren Wolkenbergen wieder die Sonne.

"**Incredible**", sage ich zu Tarym, der an meine Seite getreten ist. Ein kurzer Blick über die Schulter zeigt mir, dass Jaden fort ist. Ich fühle mich gleich etwas besser.

"What ...", setze ich an, aber sofort verstumme ich. Eine Wolke schwebt durch die Schutzglocke. Nein, schweben ist der völlig falsche Ausdruck. Sie rast auf uns zu, jagt durch die Luft und schlägt genau vor uns an das Fenster. Völlig lautlos! Entsetzt weiche ich zurück, um im nächsten Augenblick wie magisch angezogen auf die Erscheinung zu starren.

incredible
unglaublich

Ein grauschwarzer Schatten nimmt mir die Sicht. Er sieht aus wie ein Mensch und doch wieder nicht. Wie ein fliegender Mensch. Wie ein fliegender Dämon, ein fliegender Geist. Wie ein fliegender Dschinn. Ich durchforste mein Gehirn nach allen Märchengestalten meiner Kindheit und finde nicht eine, die zu dem dunklen Schatten passt. Eine fliegende Fee, groß wie ein Mensch, die mit unglaublicher Präzision mit weißer Kreide auf eine schwarze Schiefertafel gemalt worden und zum Leben erwacht ist. Ich vergesse zu atmen. Ich habe noch

nie etwas so Schönes und Furchteinflößendes, etwas so Vertrautes und doch Fremdes gesehen.
Jetzt verstehe ich, warum Tarym sie nicht hat beschreiben können – die Windgeister.
Da schiebt sich ein Gesicht vor unser Bullauge. Unter dichten weißen Wimpern in einem nachtschwarzen Gesicht, gerahmt von Haaren, die so weiß wie die meinen sind, mit feinsten Konturen in Weiß und Grau, mit spitzen Ohren und Augenbrauen wie Möwenflügel, starrt er – ich *weiß* einfach, dass es ein *Er* ist – mich mit nachtschwarzen Pupillen in riesigen weißen Augen an. Wie ein Wirbelsturm tost der Wind darin. Und dann öffnet er seinen Mund und ich kann hören, dass er sagt: "Welcome back! It is only a breath **since** you left us, but we are glad you have returned, little one."
Der Windgeist presst sich gegen die Scheibe, als ob er sich hindurchdrücken will. Er reißt den Mund auf, weiter und weiter, als wolle er uns verschlingen. Und plötzlich ist er verschwunden.

since seit

Ich falle neben Tarym auf den Boden und ringe nach Luft.
"These", sagt Tarym mit zitternder Stimme, "are the wind spirits."
"Incredible", wiederhole ich einfach nur. "Incredible."

The Curse

Von Maiden Bay habe ich hier unten in meiner Kammer kaum etwas gesehen, aber ich weiß, dass Ravi mit Garolan, Aristales und den beiden verkleideten Wachen von Bord gegangen ist. Und auch sonst hat Tarym recht behalten: Howard hat bei der Insel nur kurz gestoppt, um neues Wasser und Proviantkisten zu laden, und ist dann in Richtung der Organ Cliffs aufgebrochen. So weit also hat der Plan funktioniert.

Und so sitzen Tarym und ich weiter eng beieinander im Frachtraum des Schiffes und lauschen dem Knirschen des Holzes und dem Klatschen der Wellen an die Schiffswand, während Howard *ernten* fährt. ***Reaping***, wie Tarym es nennt. Ich stelle mir *Howard the Reaper* vor – Howard, den Schnitter Tod. Doch das Bild passt nicht ganz. Ich habe Howard durch das Bullauge beobachten können. Sein Wanst ist zu feist. Aber auf seine Augen trifft die Bezeichnung zu, denn sie sind so kalt, wie ich mir die Augen des Todes immer vorgestellt habe.

curse Fluch
reaping ernten

Dass draußen der Sturm tobt, ist nicht zu überhören, und dass ein Schiff wie das von Kapitän Howard bei derart hohem Seegang niemals auslaufen und sich erst recht nicht den Organ Cliffs nähern sollte, würde selbst die zweijährige Tochter der Zuckerbäckerin von Windhag wissen. Und die war, so sagt es Nurinai, noch nie auf einem Schiff. Die Zuckerbäckerin, meine ich.

Trotzdem liegt Howards Schiff absolut still im Wasser und gleitet durch den Sturm, als wenn es ein Teil von ihm wäre. Während ich still in der Finsternis sitze und mich frage, wie das alles möglich ist – und damit meine ich nicht nur das Schiff, das durch die Sturmwand gesegelt ist, sondern alles, alles, was sich in den letzten Wochen in meinem Leben verändert hat –, gehe ich noch einmal in Gedanken unseren Plan durch. Tarym, der Schiff und Organ Cliffs wie seine Westentasche kennt, wird, wenn wir angelegt haben, in den vorderen Teil des Laderaums schleichen. Wenn die Luft rein ist, wird er mir ein Zeichen geben. Er wird an dem dünnen Seil ruckeln, das ihn und mich verbindet. Dann muss ich schnell wie der Wind die schmale Stiege am Ende des Ganges hinauf, vor zu den Kanonenrohren, und mich an dem Seil hinab in die Tiefe lassen. Es ist immer diesig und dunkel und stürmisch an den Organ Cliffs und die Sicht ist mehr als schlecht, sagt Tarym. Niemand wird uns bemerken. Ich hoffe, er behält recht.

"Now", zischt Tarym und löst sich von mir, drückt mir das eine Ende des dünnen Seiles in die Hand und huscht nach vorne.

forever ewig

"Be careful", flüstere ich, aber er hört mich nicht mehr. Während ich warte, wandern meine Gedanken zu Rhyn. Ich hoffe so sehr, dass wir sie finden, dass sie noch am Leben ist. "Our life is short, only the wind lives **forever**", hat Nurinai zu mir gesagt, als ich als kleines Mädchen die erste tote Möwe meines Lebens fand. Mir gefällt der Gedanke, dass der Wind ewig ist.

Ich wechsele die Haltung und merke, dass mein Bein eingeschlafen ist. Wie lange hocke ich hier schon? Habe ich am Ende Taryms Signal verpasst? Angestrengt lausche ich, aber ich höre nur das Tosen des Wassers und das Rauschen der Sturmwand, das, so bilde ich mir ein, noch lauter geworden ist. Vorsichtig zupfe ich an dem Seil – und es gibt nach. Verdammt! Ich habe tatsächlich Taryms Signal verpasst!
Schnell husche ich zu dem Kanonenrohr, von dem aus ich mich hinüber auf die Cliffs schwingen will. Der Boden knirscht unter mir in der Dunkelheit und ich frage mich, ob vielleicht ein Sack mit Gries oder etwas Ähnliches umgefallen ist. Hoffentlich rutsche ich nicht aus.
Ich taste an dem Seil entlang. Es ist hart und vom Salz des Meeres verkrustet. Ich reiße mir die Handflächen auf und fluche leise, aber dann habe ich die Öffnung erreicht, an der die Kanone aus dem Schiffsrumpf ragt, lasse mich am Seil hinab in die Dunkelheit, schwinge mich ans Ufer und finde alles so vor, wie Tarym es beschrieben hat. Schnell husche ich die Felsen hinauf, laufe geduckt hinter den windgeschützten Vorsprung bei dem steinernen Provianthaus und schaue mich um.
Wo steckt Tarym? Das Brausen des Sturmes ist ohrenbetäubend. Es ist dunkel, der Wind peitscht mir fast die Kapuze vom Kopf, aber es ist zweifellos der Ort, den Tarym beschrieben hat.
Ich lasse den Blick schweifen und erkenne im fahlen Mondlicht, dass die Sturmwand viel näher an den Organ

Cliffs ist, als ich gedacht hätte. Sie berührt die Klippen fast. Ich meine, das Huschen von Windgeistern um die Organ Cliffs herum erahnen zu können. Und noch immer keine Spur von Tarym. Ich habe Angst.
We will die when we die, but let's live without fear.
Mein Blick wandert zurück zum Schiff, dessen Reling nun, einige Schritt entfernt, fast auf gleicher Höhe mit mir ist. Und da sehe ich es: Das Schiff wirkt plötzlich wie salzverkrustet. Das Mondlicht, beruhige ich mich, das macht das Mondlicht. Du täuschst dich, Gwenny, alles ist ganz normal.
Ich blicke mich um, blinzele ungläubig, aber ich täusche mich nicht. Howards Männer, die ein paar Meter unter mir im Licht der Sturmlaternen Waren verladen … sie bewegen sich nicht. Sie stehen einfach nur da, Kisten in Händen oder auf dem Rücken, die sie niemals derart lange halten könnten. *Wie mitten in der Bewegung erstarrt,* geht es mir durch den Kopf. Die Szenerie ist derart unwirklich, dass ich mich frage, ob ich träume. Vermutlich, so denke ich mir, bin ich beim Warten auf Taryms Signal eingeschlafen und bin noch immer unten im Rumpf des Schiffes. Allerdings fühlt sich der Traum ziemlich real an. Mir ist schrecklich kalt, ich bin pladdernass vom Regendunst und meine aufgerissenen Handflächen bluten.
"What's happening?", wispere ich in das Tosen des Sturms. "*Tarym, where are you?*" Aber der Wind reißt mir die Worte von den Lippen. Selbst wenn Tarym neben mir stünde, könnte er sie nicht hören.

Mit dem letzen Funken klaren Verstandes, den ich aufbringen kann, versuche ich mich zu beruhigen. Ich muss nachdenken. Mit Systematik vorgehen. *Systematik* … eines von Ravis Lieblingsworten. Reiß dich zusammen, Gwenny, verdammt!
Ich lasse den Blick über die Insel schweifen, vermeide es, zu den erstarrten Seeleuten hinzusehen, und wandere an dem salzverkrusteten Schiffsleib entlang.
Und dann sehe ich sie.
Es ist eine Frau und zunächst erschrecke ich, denn sie sieht ein wenig aus wie ich. Ihr langes weißes Haar schmiegt sich eng um den Bug des Schiffes, an den sie geschmiedet ist – die Arme grob nach hinten gerissen, beleuchtet von einer Sturmlaterne, die ein erstarrter Seemann an einem Seil zu seinem Kameraden hinunterlassen wollte. Die Frau hängt mir direkt gegenüber, nur einige Schritt weit entfernt.
Eine Galionsfigur!
Ich bin stumm vor Ehrfucht. Ich kann ein wenig schnitzen und weiß: Derjenige, der diese Figur angefertigt hat, muss ein Meister sein. Hell schimmert die Haut der Frau, und die großen, leicht schräg gestellten Augen, die hohen Wangenknochen und der möwenflügelgleiche Schwung der Brauen erinnern mich nicht nur an mich, sondern auch an das Gesicht, das ich vor wenigen Stunden vor dem Bullauge gesehen habe: das Gesicht eines Windgeistes. Aber dieses hier ist anders. Ist nicht nur ein Schemen, ein wie durchleuchtet wirkender Geist in menschlicher Form, sondern … wie

ich. Ja, tatsächlich: Obwohl ich doch weiß, dass es eine Holzfigur ist, wirkt sie so ... lebendig.
Um ihren Mund liegt ein trauriger Zug. Nein, verbessere ich mich, verbittert, das trifft es besser. Ihre Augen sind wie der Sturm, so klar und hell und voller Zorn. Sie sehen mich an und bohren sich in mein Innerstes und –

each other einander
this very moment in genau diesem Moment
Rise! Erheb dich!

Sie sehen mich an!
Die Figur ist nicht salzverkrustet.
Ich träume.
Es kann gar nicht anders sein.
Ich zittere am ganzen Körper.
Es ist nur ein Traum …
Und dann öffnet die Figur den Mund und sagt, klar und deutlich und über das Brausen des Windes hinweg: "And this is my curse: you will never see **each other** again. You will never be able to see or hear the ones you love. And you will never return. **This very moment** I give this island back to the sea. **Rise**, storm! Rise, sea, and take what is yours!"
Ich starre die Erscheinung an. Verstehe die Welt nicht mehr. Aber eines verstehe ich doch – ich *weiß* es einfach, ohne dass man es mir erklären muss. Die Figur spricht nicht zu mir. Sie hat diese Worte vor langer Zeit zu jemand anderem gesagt. Und obwohl die Worte der Frau, die dort an das Schiff gekettet ist, so grausam sind wie alles um mich her gespenstisch, fürchte ich mich nicht mehr. Ich verstehe es selbst nicht, aber statt zu

schreien und fortzurennen, strecke ich die Hand nach der Frau aus, die mir auf eine schmerzliche Weise vertraut ist.

"I'm so sorry", flüstere ich. Ohne wirklich zu begreifen, was vor sich geht, weiß ich, dass ich das Richtige tue. Und deshalb spreche ich weiter: "I'm so sorry. You shouldn't be there. You should be **free**. I don't know who **did** this **to** you, but I will help you, I promise."

free frei
did to ... ... angetan hat

Der Ausdruck in ihren Augen verändert sich. Fast scheint es, als tauche die Frau langsam auf aus den tiefsten Tiefen des Ozeans, und jetzt sieht sie mich wirklich. In ihren Augen tost immer noch der Sturm. Er ist ruhiger geworden, sanfter, und reicht doch aus, um mich von den Füßen zu fegen. In hohem Bogen fliege ich rückwärts, verliere den Halt und falle. Ich höre mehr als dass ich spüre, wie mein Hinterkopf auf die Steine schlägt.

Dann wird es dunkel um mich.

The Children of the Cliffs

"Gwenny! Gwenny, are you all right? What are you doing here? What happened to you? Say something, Gwenny! Answer me! Are you all right? Can you **move**? Gwenny!"
Es ist Tarym, und es ist noch immer Nacht und kalt. Mein Kopf dröhnt und ich liege auf den kalten, glitschigen Felsen der Organ Cliffs und bin so froh, Tarym zu sehen, dass ich mein Glück kaum in Worte fassen kann und darüber fast den stechenden Schmerz vergesse. Ich habe also doch geschlafen? Ich wusste es! Vermutlich bin ich Tarym gefolgt und dabei ausgerutscht. So muss es gewesen sein! Und weil es sich gut anfühlt, sich dieser Sache so sicher zu sein, frage ich nicht genauer nach. Auch Tarym fragt nicht weiter. Als er sieht, dass ich wieder zu mir gekommen bin und aufstehen kann, verbindet er mir die Wunde am Kopf mit einem aus seinem Hemd gerissenen Stück Leinen und sieht mich ängstlich an. "Will you be all right?", will er wissen. "Can you move? It's just … we have to **hurry**. **Unless** you want to … go back to the ship?"
Ich sehe, wie schwer es ihm fällt, diese Frage zu stellen, bin ihm dankbar, dass er mich fragt, und schüttele den Kopf. "I'm fine. Where are the **others**? Where's Rhyn?"
Er sieht erleichtert aus. "Come. I'**ll show** you." Und schon ist er hinter dem nächsten Felsvorsprung verschwunden.

move dich bewegen
hurry uns beeilen
unless es sei denn
others anderen
will show werde zeigen

Ehe ich ihm folge, werfe ich einen kurzen Blick zurück zu der Galionsfigur. Soweit ich es im Mondlicht erkennen kann, sind ihre Augen geschlossen. Noch etwas fällt mir auf: Sturmwand und Flutwelle sind … irgendwie … zurückgewichen. Noch immer sind sie nicht weit von den Organ Cliffs entfernt, aber doch nicht mehr zum Greifen nah. Ganz so, als hätte jemand sie wieder zurück und in ihre Schranken gewiesen.
Schnell wende ich mich ab, ignoriere Schwindelgefühl und pochenden Schmerz und folge Tarym tiefer in das Felsmassiv der Organ Cliffs.
Wir finden die Kinder bald. Zusammengekauert schützen sie sich vor Kälte und Nässe unter dem Vordach einer einfachen Steinhütte. Kapitän Howard lässt sie im Licht der Sturmlaternen antreten wie Vieh, einen nach dem anderen. Auf einer Schiefertafel führt er Buch darüber, wer noch am Leben ist, vor allem aber über die Menge geernteter Windseide, die seine Leute säckeweise von hier zum Schiff tragen.
Auf den Organ Cliffs gibt es keine Bäume und Kapitän Howard war viele Wochen fort. Ich mag mir nicht vorstellen, was geschehen wäre, wenn der Vorrat der Kinder an Wasser, an Nahrung, an Holz ausgegangen wäre. Sie wirken ausgezehrt und sehnig, hochkonzentriert, und in ihren Augen glost der Zorn. Und etwas anderes: Dankbarkeit. Dankbarkeit für Wasser und Nahrung. Es muss schrecklich sein, demjenigen, der einen quält, dafür dankbar zu sein, dass er wiederkommt, um die Qual zu verlängern.

Tarym greift nach meiner Hand und drückt sie so fest, dass es schmerzt.
"Rhyn!", raunt er mir zu und ich kann die Erleichterung hören. "She's alive! I can see her – she's alive!"
Derweil hat Howard sein Zählen beendet und das Interesse an seinen Sklaven verloren. Ohne die Kinder auch nur noch eines Blickes zu würdigen, treibt er seine Leute beim Verladen der Windseide zur Eile an und macht sich selbst auf den Weg zurück zum Schiff.
"We have to hurry", flüstert Tarym.
"But they have to bring the food, water and **wood** up here. **It'll take** a long time", sage ich.
Tarym schüttelt den Kopf. "They won't bring it up here. The children have to do it **themselves**."
"But ...", setze ich erneut an, aber Tarym schüttelt wieder den Kopf.
"That's just how it is, Gwenny. **Quick**, let's go."
Mit diesen Worten nähert er sich geduckt den Kindern und mischt sich rasch unter sie. Mit seinen dunklen, zerrissenen Kleidern wirkt er wie einer von ihnen. Ich tue es ihm gleich und schon stehen wir Rhyn gegenüber. Tarym drückt eine Zeitlang nur stumm ihre Hand, während die anderen Kinder uns in ihrer Mitte aufnehmen, als wäre es das Normalste der Welt.
"Tarym!", raunt Rhyn mit für ein Mädchen ihres Alters erstaunlich rauer Stimme. "**Holy** ghosts, you **made it**!

wood Holz
it'll take sie werden brauchen
themselves selbst
quick schnell
holy heilige
made it hast es geschafft

Oh, my brother, I'm so glad to see you! Tell me, what happened? Where have you been? How did you come back? And who is this?"
Sie nickt mir freundlich zu, ich nicke unter meiner Kapuze zurück. Tarym, der weiß, dass wir nicht viel Zeit haben, fasst sich kurz. Die anderen Kinder – die jüngsten von ihnen kaum acht, die ältesten um die dreizehn Jahre alt, allesamt zierlich und sehnig genug, um die Spalten der Felsen zu erklimmen – drängen sich um uns, um alles mitzuhören, geben das Gehörte leise weiter.
Ich weiß, dass es schwer ist für Tarym, zu sagen, dass wir nicht wissen, wie wir sie befreien können.
Ja, er hat es geschafft, er hat Hilfe geholt. Ja, König Garolan ist gekommen. Aber seine Schiffe liegen hinter der Sturmwand vor Anker, nur ein paar Steinwürfe weit entfernt und doch unerreichbar für die Kinder.
Unerreichbar für *uns*, korrigiere ich mich. Unerreichbar für alle außer Kapitän Howard. In diesem Augenblick frage ich mich zum ersten Mal, ob ich je wieder zu Nurinai zurückkehren werde.
Und Garolan? Er ist immerhin *König*. Er muss in sein Reich zurück! Es wird ihm gelingen, es muss! Aber wir wissen nicht, wie und wann. Und deshalb müssen wir die Kinder hier zurücklassen und auf später vertrösten, denn die letzten Säcke Seide finden gerade ihren Weg zum Schiff. Ich zupfe Tarym am Ärmel und deute auf Howards Männer.
Er beugt sich zu Rhyn hinunter, sodass nur sie ihn hören kann, aber ich weiß, was er ihr sagen will. Ob ein Kind

mehr oder weniger fehlt, das wird Howard, bis er das nächste Mal herkommt, nicht auffallen. Die anderen könnten sagen, Rhyn sei an den Organ Cliffs gestorben, und letzten Endes würde es Howard gar nicht interessieren. Rhyn ist für ihn wie jedes dieser Kinder hier nicht mehr als eine Nummer. Die Gefahr, entdeckt zu werden, ist gering, wenn wir nur sie mitnehmen. Rhyn ist schnell und geschickt – bestimmt geschickter als ich – und sie könnte *jetzt* mit uns kommen.

Ich beobachte, wie sie seinen Worten lauscht, aber dann tut sie etwas, das mich erstaunt und mit dem ich nicht gerechnet hätte. Tarym hat noch nicht geendet, da huscht ein Lächeln über ihre ausgemergelten Wangen unter den dünnen schwarzen Zöpfen und sie legt ihm den Finger sacht auf den Mund. "Shh, brother. You know who we are. We are the children of the cliffs, and we **never let each other down**. I am staying here. We will all help each other **to carry on**. And you and your friends will find a way to save us. **In a way**, you have already saved us. You **have given** us **hope**." Ihre Stimme wird noch eindringlicher. "But now, hurry, Tarym! You must go! And please ... come back to us, soon."

never let each other down lassen uns nie im Stich
to carry on durchzuhalten
in a way in gewisser Weise
have given hast gegeben
hope Hoffnung

Tarym widerspricht ihr nicht, aber ich sehe den Schmerz in seinen Augen. Er zieht etwas unter seinem Hemd hervor, zögert kurz und gibt es Rhyn. "Take this until I return, little sister. I will come back, as I promised."

"But this is *your* medallion! The king's **bride gave** it to you. You told me that she told you ..."
Jetzt legt er ihr den Finger auf die Lippen. "It is safe **as long as** you are safe." Mit diesen Worten wendet er sich ab und zieht mich fort von ihr.
Die Kinder bilden eine schmale Gasse und wispern uns gute Wünsche zu.
Das kleine Mädchen mit den raspelkurzen Haaren und dem bis auf die letzte Borste abgeliebten Teddybären in den Händen.
Der kleine Junge mit der eiternden Wunde auf der Stirn.
Das ältere Mädchen mit dem strähnigen Pferdeschwanz und den Sommersprossen, die an diesem Ort seltsam deplatziert wirken.
Sie alle wirken trotz ihres erbärmlichen Zustandes stark und voller Zuversicht.
We are the children of the cliffs, and we never let each other down.
Ich habe das Medaillon gesehen, das Tarym Rhyn gegeben hat. Und ich weiß jetzt, wer Tarym ist. Er ist wirklich und wahrhaftig auferstanden aus den Märchen Nurinais. Er ist der kleine Junge aus Nurinais Geschichten, dem meine Mutter einst am Tag ihrer Hochzeit ihr Medaillon geschenkt hat. Zwei tanzende Frauen sind darauf zu sehen. Und ich weiß auch, was meine Mutter damals zu Tarym gesagt hat.
"Keep it, child", flüstere ich leise. "One day it will help you to fulfil your dreams."

bride Braut
gave hat gegeben
as long as solange

The Black Anchor

Als wir schließlich weit nach Mitternacht in unserem Versteck beim *Black Anchor* ankommen, ist Ravi schon da. Er hat uns Decken gebracht, Kerzen und Wasser und Brot und Käse und Wurst, und es ist fast, als käme man nach Hause.

impress imponieren
ungrateful undankbaren
creatures Geschöpfe

"Ravi", sage ich, als ich den Besen an der Wand und den halbwegs sauberen Boden sehe, "du hast sogar *gefegt*!"

Ravi schießt die Röte ins Gesicht, und als Tarym, der meinen Blicken vom Besen zum Boden und hin zu Ravi gefolgt ist, ihm nun ein "Hey, Ravi, are you trying to **impress** Gwenny?" zuwirft, wird er noch ein wenig roter im Gesicht.

"Ah, you … **ungrateful creatures**", knurrt er nur, und dann lachen sie beide und umarmen einander.

"I'm happy to see you again", lacht Tarym.

"Me too", grinst Ravi.

"Me too", sage ich.

Wir setzen uns um unseren improvisierten Tisch aus alten Lehmziegeln und Planken und essen unser Nachtmahl wie eine richtige kleine Familie.

Tarym erzählt von den Organ Cliffs und mit viel Sorge, aber nicht ohne Stolz von Rhyns Entscheidung, bei den anderen zu bleiben.

Ravi schimpft über den *horrible, cruel* Howard, ehe er von seinem Tag berichtet.

Garolan, Aristales, die beiden Wachen und er sind im alten Palast des Königs auf Maiden Bay untergekommen. Dort gibt es noch einige Männer und Frauen, die Garolan treu ergeben sind. Sie haben all die Jahre auf ihn gewartet und ihn tatsächlich sofort erkannt. Sie werden seine Tarnung als Forschungsreisender gegenüber Howard und seinen Männern wahren. Mir fällt auf, dass Ravi im Gegensatz zu Tarym und mir, die wir stinken wie verrotteter Dorsch, nach Rosenöl und Seife duftet. So also riecht es in Garolans Palast, denke ich.

Was Howard betrifft, ist also alles nach Plan verlaufen, und Ravi glaubt nicht, dass er Verdacht geschöpft hat. Er holt Luft, baut sich vor Tarym und mir auf und sagt: "And I have some news for you."

Er macht eine Pause und Tarym, der jetzt, mit vollem Bauch und dem Wissen, dass Rhyn zumindest in dieser Nacht nichts mehr geschehen wird, deutlich entspannter geworden ist, lässt sich auf den Deckenberg hinter ihm fallen und grinst. "I can **hardly wait**", sagt er.

Ravi ist es zufrieden und beginnt zu erzählen. "You remember the story about the wind spirits who became human? That Aristales helped them to change their **shape**?"

hardly kaum
wait erwarten
shape Gestalt

Wir nicken.

"And you remember the story that Garolan married a wind spirit?"

Wieder nicken wir.

"Today I heard Garolan and Aristales talking about their plan to help the island. They were talking to an old lady, someone who must have been at the **wedding**. She was telling Garolan and Aristales about everything that has happened in the last twelve years."

Jetzt ist Tarym wieder hellwach. "What will they do to save the children?"

Ravi seufzt und zuckt die Schultern. "They cannot do anything **while** the storm wall is there."

"But why – ", setzt Tarym an, aber Ravi fällt ihm ins Wort.

"Garolan will have to leave the island sooner or later. Windhag and the rest of his kingdom need him. And his men are waiting in their ships on the **other side** of the storm wall. What can he do, as long as he still needs Howard's help to pass through the storm wall and leave Maiden Bay?"

Taryms Gesicht verdunkelt sich. "Go on", sagte er.

"Well, Aristales and Garolan were talking about the storm wall, and about the night when all this **started**." Ravi macht eine weit ausladende Handbewegung, die die ganze Insel mit einschließt. "And this is what they said …"

Ich höre gebannt zu. Vor dreizehn Jahren kam Garolan nach Maiden Bay. Er war damals noch nicht König, sondern Prinz, und es heißt, dass sein Vater vor langer Zeit diese Insel entdeckte und dass er es war, der den Pakt zwischen Menschen und Windgeistern schmiedete. Es heißt weiter, er habe einst den König der Windgeister errettet und fortan hätten die Windgeister aus Dank-

wedding Hochzeit
while während
other anderen
side Seite
started angefangen hat

barkeit die Windseide von den Organ Cliffs geerntet und mit den Menschen geteilt.

"**So far** it **sounds** like a **fairy tale**", räumt Tarym ein, und Ravi erzählt weiter.

so far so weit
sounds klingt
fairytale Märchen

Der König starb und der Aufenthalt des jungen Thronfolgers auf der Insel neigte sich dem Ende zu. Garolan hatte die Sprache und die Bräuche und Sitten von Maiden Bay kennengelernt, hatte das Hinterland und die kleine Stadt im Inneren der Insel bereist. Der Herbst rückte näher. Wenn das Leben langsamer wird und die Sturmnächte länger, gehen die Windgeister auf Wanderschaft, und in dieser Zeit wird keine Seide geerntet.

Am Tag, an dem die Windgeister fortziehen, findet ein großes Fest in Maiden Bay statt – "Or I should say, it *used* to", fügt Ravi traurig hinzu –, und dies war traditionell der Tag der Hochzeiten auf der Insel. Garolan sollte am Tag nach den Feierlichkeiten zurück nach Windhag fahren, aber alles kam anders.

In den letzten Wochen seines Aufenthaltes unternahm der Prinz immer öfter lange einsame Wanderungen über den Strand, mühte sich, jede Ortschaft zu besuchen, und wurde überall schnell ins Herz geschlossen. Und zur großen Verwunderung aller fand er gegen Ende seines Aufenthalts eine Braut! Es war eine junge Frau aus dem Landesinneren, die niemandem auf Maiden Bay bekannt war.

Garolan und Mandala, so der Name der Braut, glühten vor Glück und gegenseitiger Zuneigung. So nahmen die

Bewohner Maiden Bays die Ehre nur zu gerne an, dass der Thronfolger selbst sich am Tag der Hochzeiten vermählen wollte. Mandala, seine Braut, jedoch war … auf eine seltsame Weise entrückt und unirdisch. Manchmal versuchten Kinder, sie zu berühren, wenn sie durch den Hafen ging, und waren verwundert, dass sie aus Fleisch und Blut war, sich anfühlte, wie jeder andere Mensch auch.

Ravi räuspert sich. "I asked some people at Garolan's palace about her. They all said **different** things. Some of them said they **didn't even notice** her at all … Wie soll ich es ausdrücken? Sie sahen sie, und sahen sie gleichzeitig nicht … They **saw** her, and the next moment they forgot that they **had seen** her. Some said they **felt** happy when she was near. Others said that when she **entered** the room the air **seemed** to **turn** cold. Everyone had a different **opinion** about her, and a different story to tell …"

different unterschiedliche
not even nicht mal
didn't notice haben nicht bemerkt
saw haben gesehen
had seen gesehen hatten
felt haben sich gefühlt
entered betrat
seemed schien
turn werden
opinion Meinung
There's something missing. Es fehlt etwas.

"All right, Ravi", unterbricht ihn Tarym. "So the king's bride was called Mandala, and she was somehow strange. Go on. What happened to her?"

Ravi sieht uns aufmerksam an. "Am I the only one who thinks that **there's something missing** in this story?"

Ich weiß nicht, was er meint. Aber Tarym, der schließlich mit den Geschichten der Insel groß geworden ist,

zupft sich an der Unterlippe und sagt: "Some*one* is missing. You told us about Mandala before, on the ship. But you said then that Aristales had changed *two* wind spirits into humans. There was a **second** woman. Her name was … wait … Kahelis, I think. Is that right?"
"Yes", fährt Ravi fort. "They were **twin sisters**. Mandala and Kahelis were twin sisters, and they **chose** the same **appearance** for their human shape."
"So that's why people describe Mandala so differently! Because some of them saw Kahelis, and thought she was her sister?", frage ich.
Ravi nickt. "I think so, yes."
"But", hakt Tarym nach, "can we be absolutely sure that Kahelis and Mandala were the wind spirits in Aristales' diary? You've shown us the book, and it said …"

second zweite
twin sisters Zwillingsschwestern
chose haben gewählt
appearance Aussehen
refused hat sich geweigert

Es ist offensichtlich, dass Tarym einen wunden Punkt getroffen hat. "Nun … wenn Aristales darüber mit mir reden würde, wäre alles einfacher", murmelt Ravi bei sich. "Let's say … Aristales … **refused** to talk to me about it. He … well, he's the best teacher anyone could have, he really is, but …" Er zuckt die Schultern, sieht ratlos aus und scheint sich nicht wohl zu fühlen in seiner Haut. Ich verstehe ihn gut. Er liebt und schätzt seinen Lehrmeister Aristales. Dass dieser ihm Dinge vorenthält, fühlt sich für Ravi an wie ein Verrat. Schmerzt ihn. Weil es wirkt, als habe Aristales etwas zu verbergen

und somit vielleicht etwas Unrechtes getan. Ich kenne dieses Gefühl.
"It's all right, Ravi. Tell us the rest of the story", sage ich. Tarym nickt und Ravi erzählt weiter ... von dem rauschenden Fest am Tag der Hochzeit. Der Hafen und die bunten Fassaden der Häuser strahlten im Sonnenschein. Alles war mit bunten Bändern geschmückt, die im Wind flatterten, überall standen lachende und singende Menschen. Kinder rannten herum, übermütig wie kleine Windgeister, und aßen von den vielen Leckereien, die bereitstanden. Die Hochzeitspaare sammelten sich am Hafen und nahmen Geschenke entgegen. Für Garolan, den Königssohn, und seine Braut gab es Kleider und Tücher aus Windseide, doch Garolan beachtete die Geschenke kaum; er war so verliebt, dass er die Augen nicht von Mandala abwenden mochte. Hochzeitsgeschenke nicht gebührend zu würdigen gehörte sich nicht auf Maiden Bay, nicht einmal für den Sohn des Königs, und die Kaufleute der Insel murrten, der Prinz sei blind vor Liebe und habe darüber seine guten Sitten vergessen. Was dann folgte, ist ungewiss. Fest steht nur, dass ein Sturm aufzog, so heftig und grausam, wie ihn die Insel noch nie erlebt hatte. Binnen Augenblicken zerfetzte er die Girlanden, riss die Bänder von den Bäumen und trieb sie aufs Meer hinaus. Maiden Bay schien von einem auf den anderen Augenblick dem Untergang nahe. Und Mandala, die Braut des Prinzen, war plötzlich verschwunden.
"Gone. Just ... gone", sagt Ravi.

Niemand hatte sie gehen sehen. Es war, als ob der Wind sie fortgeweht hätte. Der Prinz war untröstlich, und im Toben des Sturms lief er durch den Hafen, in dem sich die Schiffe bedrohlich in den Wellen hoben und wieder sanken, und rief nach seiner Braut. Aber er fand sie nicht. Der Sturm tobte weiter und Garolan zog sich verzweifelt auf sein Schiff zurück. Mit an Bord waren seine Kinderfrau Nurinai und sein Lehrer und Mentor Aristales.

Ich ziehe die Brauen hoch, aber ich schweige. Ich habe viele Fragen, und die Fragen, die Nurinai betreffen, gehören zu den wichtigsten. Aber ich möchte erst wissen, wie die Geschichte zu Ende geht. Ravi erzählt weiter.

Der Sturm ließ nicht nach und die Bewohner von Maiden Bay machten die seltsame Braut des Prinzen dafür verantwortlich. Sie sei so fremdartig gewesen, sie könne kein Mensch gewesen sein, hieß es, sondern ein böses Wesen, gesandt, um die Freundschaft der Inselbewohner mit den Windgeistern zu zerstören.

"Vielleicht hätte die Windpriesterin die Menschen beruhigen können. Ihre Aufgabe war es, zwischen den Windgeistern und den Menschen zu vermitteln. Wenn sie erkannt hätte, dass die Braut ein Windgeist in Menschengestalt war, hätte sie vielleicht die anderen davon überzeugen können, dass Mandala kein böses Wesen war. Doch sie war mit Mandala verschwunden."

Majorie, die Windpriesterin, ließ ihre Tochter Marla in Maiden Bay zurück. Sie selbst kehrte niemals wieder. Viel später, als Garolan schon lange fort war, verschwand eines Tages auch Marla, und als sie wiederkehrte, sagten die Leute, sie sei verrückt geworden. Niemand erfuhr, wo sie gewesen war, und zunächst weigerte sie sich, erneut mit den Windgeistern zu sprechen. Und als sie es schließlich doch tat, verstanden die Menschen ihre Botschaft nicht.

Jetzt frage ich doch. "**What about** Nurinai?"

Ravi fährt fort: "Nurinai left on Garolan's ship. It left the island **during** that terrible storm. Garolan didn't want to go. He wanted to find his bride." Jetzt sieht Ravi ein wenig verlegen aus. "And so Aristales and Nurinai gave him something **to make** him **sleep**, and **brought** him back home with them."

what about was ist mit
during während
to make … sleep … schlafen zu lassen
brought haben gebracht
exactly genau
finally endlich

Ich bin empört.

Tarym nickt: "I would have done the same."

"The rest we know", endet Ravi schließlich.

"Garolan couldn't come back to Maiden Bay because of the storm wall", sage ich.

"**Exactly**. And so twelve years went by, and now we are **finally** here." Ravi lächelt uns an.

Da ergreift Tarym das Wort. Erzählt, dass die Menschen schnell begriffen, dass die Wand aus Sturm nicht zu durchqueren war. Kein Schiff, das den Hafen verließ, segelte weiter als ein paar Seemeilen, kehrte zerstört zurück oder versank in den Fluten. Irgendwann kehrten die Windgeister wieder, doch ohne Windpriesterin konnte niemand zu ihnen sprechen. Die Windgeister ernteten keine Windseide mehr. Und was hätten die Bewohner von Maiden Bay auch mit der Seide anfangen sollen, wenn sie doch die Insel nicht verlassen konnten? Die Kaufleute konnten keinen Handel mehr treiben und sie wurden arm und bitter. Sie gaben Garolan und seiner Braut die Schuld an ihrem Schicksal und sprachen über sie mit wütender Verachtung. Schließlich wich die Wut der Gleichgültigkeit.

"You can see what I mean when you walk through Maiden Bay. The people **don't care about anything** any more. The houses look old. Some things were never **rebuilt** after the storm. And even the weather changed. The wind became tired, the rain sad, and even the sun seemed … **unhappy**, somehow."

don't care about anything ist alles egal
rebuilt wieder aufgebaut
unhappy unglücklich

Tarym hat recht. Maiden Bay ist ein trauriger, ein trostloser Ort. Und noch etwas fällt mir auf: *Ich* habe die Windgeister verstehen können. Der Windgeist am Fenster auf Garolans Schiff jedenfalls hat zu mir gesprochen. Oder habe ich mir das nur eingebildet?

Tarym erzählt weiter. Kapitän Howard, ein Händler, war der Einzige, dem es gelang, die Sturmwand zu durchfahren, ohne dass sich jemand erklären konnte, wieso. Da er jedoch die einzige Verbindung Maiden Bays zur Außenwelt war, hatten die Bewohner keine andere Möglichkeit zu überleben, als mit ihm zu handeln. Obwohl kein Windgeist mehr Windseide erntete, beschaffte er auf geheimnisvollen Wegen den kostbaren Stoff und ließ ihn auf der Insel verarbeiten. Die Menschen erhielten dafür das, was sie dringend zum Leben benötigten. So war es bis heute.

Nicht nur auf Kapitän Howard waren die Menschen wütend, auch auf Garolan, der inzwischen König geworden war. Es wäre seine Pflicht, ihnen gegen jemanden wie Howard zu helfen, dachten sie. Gegen jemanden, der ihr Schicksal schamlos ausnutzte und sich daran bereicherte. Und wenn es ihm genauso wenig möglich war, die Sturmwand zu durchfahren? Konnte nicht einmal der König die Insel erreichen?

"And so", endet Tarym schließlich, "the king became a kind of **legend** on the island. A king who could not reach his people, but who would one day return to save them."

legend Legende
is spinning dreht sich
wind priestess Windpriesterin

"My head **is spinning**", sage ich. "I don't know what to think any more ... What must we do now?" Ich sehe Ravi fragend an.

"I think Garolan and Aristales are going to look for Kahelis and Mandala", entgegnet er. "And I think that the person we have to speak to ..."

"... is Marla, the **wind priestess**'s daughter", beendet Tarym seinen Satz. "Maybe she can tell us more about Mandala, or even about Gwenny."

Ravi nickt.

"I know where we can find her", fährt Tarym fort. "We became friends when she came back to the town. I even showed her this hiding place. The hiding place of the **orphans** of Maiden Bay. She seems strange sometimes, it's true. But she's not crazy." Tarym strahlt über das ganze Gesicht. "Let's go and find her tomorrow. I'm so tired now that I can't stay **awake** any longer."

Auch ich bin so müde wie noch nie in meinem Leben. Aber ich habe etwas zu berichten, das nicht warten kann.

orphans Waisen
awake wach
special Besonderes
dancers Tänzerinnen
piece Stück
prove beweisen

"There is still something missing in the story", sage ich. "The day of the wedding … Tarym, you met someone **special** that day, didn't you?"

Tarym sieht mich fragend an, dann nickt er. "Yes, I did. Why?"

"The woman who gave you the medallion with the two **dancers** on it. The medallion that you gave to Rhyn today."

"Yes?"

Ich überlege kurz, dann wende ich mich an Ravi. "Do you have a **piece** of paper and a pen?"

Er hat beides. Ich schreibe einen Satz auf das Papier.

Tarym mustert mich skeptisch. "What are you doing, storm maiden?"

"I want to **prove** to you who I am", sage ich schlicht. "Tarym, you've never talked to me about this moment before, have you?"

Tarym schüttelt den Kopf.

"Please will you tell Ravi what the woman said to you when she gave you the medallion?"

Tarym versteht noch immer nicht, aber er sagt: "'Keep it, child. One day it will help you to fulfil your dreams.'" Ravi hält den Zettel hoch: "That's exactly what Gwenny has just written here."

Tarym sieht mich genauso verwundert an wie Ravi. "And what does that mean?"

"It means that I am Mandala's daughter. Or it might mean that I'm the daughter of Kahelis. I'm not sure. **Look** … we know that Mandala and Kahelis were **identical** twins. What if even Garolan couldn't **tell** them **apart**? No one seems to know what happened to Kahelis. We only know about her from Aristales's book. People on the island always speak only of Mandala – no one ever says that she had a twin sister. They seem **to have confused** the two. So we can't be sure of anything – which sister gave this medallion to Tarym, which sister married Garolan, or which sister **was with child**. But it might mean that I am Garolan's daughter as well. Because the woman who gave you that medallion, Tarym, was my mother. And the woman with her was Nurinai. And the little girl who, for as long as she can remember, has heard the story about that little boy and his medallion is … me."

Look … Hör mal …
identical identische
tell apart auseinanderhalten
to have confused verwechselt zu haben
was with child ein Kind erwartete

The Wind Priestess's Daughter

Die Nacht bricht herein. Ich bin herrlich ausgeschlafen und schlendere, Tarym an meiner Seite, mit rußgeschwärztem Gesicht, die Haare unter der weiten Kapuze verborgen, durch den Hafen. Wir suchen Marla, die Tochter der Windpriesterin, und Tarym zufolge werden wir nicht lange brauchen, um sie hier zu finden.

Ich bin noch immer durcheinander, weil ich spüre, dass ich der Lösung des Geheimnisses meiner Herkunft zum Greifen nahe bin.

Meine Eltern leben nicht unter dem Meer. Mein Vater ist ein König, nur kann er mich nicht sehen. Und meine Mutter war ein Windgeist. Ein Windgeist …

Wir müssen mit Garolan und Aristales reden, um mehr zu erfahren.

Ich weiß nicht, wie ich mit Garolan sprechen soll, wenn er mich weder sieht noch hört, und ich weiß nicht, warum ihm niemand, warum ihm auch Nurinai nicht von mir erzählt hat. Weiß er wirklich nicht, dass sein Kind zur Welt gekommen ist?

Eines habe ich Tarym und Ravi gestern nicht erzählt: Dass ich mir eingebildet habe, die Galionsfigur habe zu mir gesprochen. Ich weiß nicht, ob es ein Traum war oder nicht – aber ich hoffe es inständig.

Ich habe mir vorgenommen, mir mit meiner neu erlernten Gabe der Selbstbeherrschung etwas Gutes zu tun und mir diese Galionsfigur genauer anzusehen.

Zum ersten Mal sehe ich Maiden Bay im Licht. Im Licht des schwindenden Tages zwar, aber immerhin kann ich mehr erkennen als in der Dunkelheit. Hier also begann vor zwölf Jahren meine Geschichte – und in gewisser Weise endet sie hier auch. Ich will das Rätsel um meine Mutter lösen. Selbst wenn es für mich bedeuten wird, sie für immer zu verlieren. Weil ihr etwas zugestoßen ist und ich nicht länger davon träumen kann, dass sie irgendwo lebt und es ihr gut geht. Ich muss es wissen. Es ist wichtig für mich. Für Nurinai. Für Garolan. Für uns alle.

Ich sehe mich um, luge unter meiner Kapuze hervor. Für eine Hafenstadt ist es hier sonderbar still, denn es legen nur kleine Boote an. Sie fahren zum Fischen, aber sie fahren nicht weit hinaus. Maiden Bay selbst wirkt … verweht. Die schmalen Fassaden der zweigeschossigen Lehmhäuser drängen sich dicht um die Bucht, nur ab und zu unterbrochen von einer schmalen Gasse, die vom Wasser weg in den Ort führt. Von den einst farbenfrohen Fassaden blättert der Putz, die ehemals weißen Fensterläden sind grau geworden. Dort wo Kaufleute mit ihren Kunden rege Verhandlungen geführt haben, sind die Geschäfte mit Latten vernagelt. Alles, selbst die Blätter der Bäume, wirkt grau vom ständigen Dunst, der über der Insel liegt. Ich versuche mir vergeblich vorzustellen, wie sie aussehen würden, wenn sie für ein Hochzeitsfest mit bunten Bändern geschmückt wären. Heute hängt nur Wäsche an schmalen Leinen unter den Fenstern. Und sie flattert nicht im Wind.

over there
da drüben

Überhaupt – der Wind. Ich bin an der Küste aufgewachsen und der Wind war immer ein Teil meines Lebens. Er pustete die trüben Gedanken fort, er riss mich mit, er stieß mich fort, er ließ mich tanzen. Der Wind ist ein Teil von mir. Ohne Wind bin ich nichts. Und hier, in Maiden Bay – gibt es keinen Wind. Es ist still. Vollkommen still. Kein Lufthauch regt sich. Ich greife mir an den Hals und versuche, ruhig zu atmen und das Gefühl zu unterdrücken, das mir die Kehle emporkriecht: Ich bekomme keine Luft! Ich muss ersticken!

Der Druck auf meinen Lungen wird immer stärker und ich merke, wie sich helle Panik in mir breit macht. Was ist nur los mit mir? Es ist genau wie gestern, als ich glaubte, dass die Galionsfigur an Howards Schiff …

"Gwenny!" Es ist Tarym, der meinen Namen ruft und in Richtung der Landungsbrücken deutet, auf baumhohe, erhabene Bögen, verziert mit geschnitzten tanzenden Windgeistern. Einst müssen die Brückenbögen prachtvoll gewesen sein, heute wirken sie inmitten der vereinzelt daliegenden kleinen Fischerboote nur noch protzig. Das einzige richtige Schiff im Hafen ist das von Kapitän Howard. Ein feiner Regen liegt in der so stillen Luft und nicht nur Tarym und ich tragen Kapuzen. Wir fallen also nicht auf.

"Gwenny! Look, **over there**. It's Marla! The wind priestess's daughter! But she's changed … she used to be …" Tarym erzählt von Marla, mit der er einst befreundet war und …

Ich nicke mechanisch. Und höre nicht mehr richtig zu. Etwas verändert sich. Zunächst kann ich es nicht greifen und die aufwallende Panik schnürt mir die Kehle zu. Ich treibe ... fort. Ja, genau das ist es. Ich treibe immer weiter von Tarym fort. Ich folge seinem Fingerzeig hinüber zu der jungen Frau, die er Marla genannt hat. Marla, die Tochter der Windpriesterin. Mit einem schnellen Blick erfasse ich ihre Gestalt: hager, ausgezehrt, die Kleidung seltsam fremd, das Gewand in leuchtendem Blau. Es ist Windseide, ich erkenne es gleich. Ihre strähnigen langen Haare wirken auf dem strahlend schönen Stoff wie Möwendreck auf einer goldenen Königskrone. Die junge Frau sieht mich an, so intensiv, dass die vielen Meter, dass die Menschen und Karren und streunenden Hunde und das Kind, das nach seiner Mutter ruft, der Händler, der seinen Fisch anpreist, und alle anderen, die zwischen uns sind, auf einmal nicht mehr zu existieren scheinen.
Sie *sieht* mich.
Sie *ruft* mich.
Und als ich nun fassungslos an mir hinuntersehe, stelle ich fest, dass ich mich mit schlafwandlerischer Sicherheit auf sie zu bewege. Schritt um Schritt um Schritt.
Ein Schrei sammelt sich in meiner Kehle, aber ich bringe nur ein Krächzen heraus. "Tar...! ...elp ...e!" *Hilf mir, Tarym! Hilf mir!*
Ich stemme mich mit aller Kraft gegen den stummen Ruf dieser Frau, die mich zwingen kann, etwas zu tun, das ich nicht tun will, doch es gelingt mir nicht.

Tarym hat bemerkt, dass etwas nicht stimmt. "Gwenny? Gwenny! What's the matter? Gwenny – wait!"
"I … can't", krächze ich und tapse weiter. Schritt um Schritt um Schritt.
Ich kann schon ihre Augen sehen. Nur noch zwei Schritte trennen mich von ihr und ihren dürren Armen, die sie nach mir ausstreckt, während sie lautlos nach mir ruft.
Und dann geschieht es erneut, und in diesem Augenblick bin ich mir hundertprozentig sicher, dass ich jetzt und auf der Stelle wahnsinnig werde. Ich träume nicht. Es geschieht wirklich.
Taryms Schrei erstirbt mitten im Laut. Mein Name stockt beim "N". "Wait, Gwen-"
Das Kind, das gerade eben noch nach seiner Mutter gerufen hat, stockt bei "u": "Mummy! Mu-"
Der Mann, der seinen Fisch anpreist, bringt noch heraus: "**Fresh** fi-"

fresh
frische

Und wo ich mir gestern noch habe einbilden können, dass ich mich geirrt haben muss, weiß ich jetzt: Ich irre nicht.
Das Rauschen wird lauter. Ein schneller Blick zurück lässt mich erstarren vor Furcht: Die Flutwelle kommt näher! Und mit dem Wind, den sie über das Meer peitscht, legt sich eine Salzkruste über die Stadt. Das Salz kommt über das Meer gerauscht, greift nach den kleinen Booten, überzieht selbst Howards stolzes Schiff, dehnt sich von der Kaimauer aus über die Menschen und Tiere und Karren. Der Händler dort – salzverkrustet. Der Fisch

in seiner Hand – salzverkrustet. Und Tarym, o Tarym! Über seine mir entgegengestreckte Hand, die weit aufgerissenen Augen, den zum Schrei geöffneten Mund kriecht das Salz.

Zurück bleibt eine Statue, ohne Atem, ohne Leben.

Malerisch fällt der letzte dunstige Sonnenstrahl auf Howards Schiff und die Galionsfigur an seinem salzverkrusteten Bug. Ohne es wirklich zu wollen, kneife ich die Augen zusammen. Die Figur ist nicht vor Salz erstarrt. Ob sie mich anschaut, wieder anschaut, wie sie es gestern schon getan hat? Und wieder höre ich die Stimme der Frau am Schiffsbug über das Tosen hinweg: "And this is my curse ..."

Bei allen guten Geistern, Nurinai, hilf mir!

Ich bin außer mir. Wie irr huscht mein Blick umher, haltlos, da begreife ich, dass ich mich inmitten all der Starre noch bewegen kann – ganz so, als wäre ich der einzige Mensch auf der weiten Welt. Es fühlt sich fürchterlich an, jetzt, da kein vermeintlicher Traum mir mehr Schutz verspricht.

Wie soll ich ihr helfen, dieser Geisterfrau am Rumpf des Schiffes, wenn ich mir nicht einmal selbst helfen kann? Meine Augen suchen jene Frau, die mich gerufen hat – Marla. Auch Marla ist salzverkrustet, aber die Augen in dem erstarrten Gesicht sind geöffnet und fixieren mich, der Mund bewegt sich, langsam, ganz langsam nur. In der winddurchtosten Stille, in welcher der Fluch der Galionsfigur verklungen ist, sind die krächzenden Laute aus Marlas Mund überlaut: "Youuuuuu ..."

Noch ehe ich reagieren kann, kehrt wie mit einem Paukenschlag alles in die Realität zurück:
"-my!", ruft das Kind seine Mutter.
"-sh!", ruft der Fischverkäufer.
"-ny!", ruft Tarym.
"… are", setzt Marla an und greift nach mir, doch ich lasse sie nicht ausreden.
Mit aller Kraft stoße ich sie von mir und renne, renne und renne, so schnell mich meine Füße tragen. Renne zu dem einzigen Ort, den ich hier kenne – zum *Black Anchor*, schreie, schreie, schreie und renne um mein Leben.

The Song of the Storm

Der Mann, dem wir einst das Haar zerzausten, spricht zu uns.
Meine Schwester lacht. Meine Schwester tanzt. Meine Schwester singt.
Ich habe verlernt zu tanzen. Ich habe verlernt zu singen.
Ich spüre den Anker um meinen Hals.
Wir haben alles geteilt, meine Schwester und ich, immer schon.
Meine Schwester kommt und spricht zu mir.
Ich sage: Gibst du ihn mir, den Menschenmann?
Meine Schwester antwortet nicht.
Ich sage: Er gehört uns. Er gehört nicht dir.
Meine Schwester sagt: Ich liebe den Menschenmann.
Wir können ihn teilen, sage ich. Es dauert ja nicht lang. Schon bald fällt der Baum. Schon bald sinkt das Schiff. Schon bald ist er fort. Schon bald sind wir frei.
Meine Schwester sagt: Du hast kein Herz.
Mein Sturmherz schreit, will sich losreißen, den Anker fortwerfen, die Schwester mit sich reißen, mit ihr tanzen, eins sein. Wie es immer war. Wie es ewig sein soll. Und kann es nicht.
Du bist ein Teil von mir, sage ich.
Meine Schwester antwortet nicht. Ihre Hand ruht auf ihrem Bauch. Sie lächelt. Das ist etwas, das Menschen tun: Sie lächeln.
Ich lächle auch. Ich lege die Hand auf meinen Bauch, ganz so, wie sie es tut. Ich lächle, ich warte. Wir haben alles ge-

teilt, meine Schwester und ich, immer schon. Sie ist ein Teil von mir.

Meine Schwester nimmt meine Hand, legt sie auf ihren Bauch.

Sie sagt: Du bist der Sturm. Ich bin ein Mensch geworden. Ich habe ein Herz. Ich trage ein Kind. Das kann man nicht teilen.

Sailing with the Wind

Als Tarym und Ravi mich finden, sitze ich im hintersten Winkel des kleinen, dunklen Raumes und wiege meinen Körper vor und zurück, wie Nurinai mich einst gewiegt hat, als ich noch ein kleines Kind gewesen bin.

Ich will nichts hören, ich will nichts sehen, ich will nichts wissen. Ich traue meinen Augen und meinen Ohren und meinen Sinnen nicht mehr, und das ist vermutlich das Allerschlimmste: Das, von dem ich dachte, dass es die Regeln sind, nach denen die Welt funktioniert, scheint nicht mehr zu gelten. Ich kann nicht wissen, ob Taryms Gesicht sich nicht wieder mit einer Salzkruste überziehen wird, ob die Insel nicht von der entfesselten Sturmwand überrollt wird und wir mit ihr. Was ist Wirklichkeit? Woran kann ich mich festhalten? Ich weiß es nicht.

"Gwenny … what happened to you? Shhh … listen, you're safe … Gwenny, please – talk to us!"

Es ist Tarym, er hält mich im Arm. Er kann gar nicht hier sein. Ich habe es ja selbst gesehen. Sein Gesicht war salzverkrustet. Er konnte nicht atmen. Er muss tot sein.

In seiner Verzweiflung wendet Tarym sich an Ravi. "You see? This why I called you! Can you help her? Can you *do* something?!"

Wie aus weiter Ferne beobachte ich, dass Ravi ein Streichholz entzündet und es vor meinen Augen auf und

screamed hat geschrien
harbour Hafen
completely vollkommen
uncomfortable unbehaglich
push … around … herumschubsen

ab bewegt. "Tell me again. She just stopped and **screamed**? For no reason? She was standing at the **harbour**, and then …"

"She went crazy. **Completely** crazy. For no reason. I was talking to her and then she seemed to go a little … strange. Then she walked up to Marla, and she seemed … **uncomfortable** somehow. I called her name, and then … for no reason … she started screaming as if something really terrible had happened. She pushed Marla away, and then …"

Da ist er wieder, dieser Name. *Marla.* Ich muss ihnen erzählen, was ich gesehen habe. Muss wissen, ob es real ist. Muss …

Patsch! Eine Ohrfeige.

Das war Ravi und erst jetzt fällt mir auf, dass ich schon wieder zu schreien begonnen habe. Aber mit dieser Ohrfeige wird mein Schreien zu blankem Zorn. Wind erhebt sich und in hohem Bogen fliegt Ravi in die Ecke und das Kerzenlicht in unserer kleinen, staubigen Zuflucht erlischt.

"Ouch", klagt Ravi, dann sagt er erleichtert: "Welcome back, Gwenny. Please, try to remember that we're friends, and that you don't have to **push** me **around**?"

Ich rappele mich auf, stolpere zu ihm, schlinge die Arme um ihn und schluchze: "I'm so sorry. I didn't mean to hurt you. It was just … oh, it was horrible!"

Und dann fange ich an zu weinen. Tarym kommt zu mir, nimmt mich in den Arm, und ich beruhige mich langsam und schließlich erzähle ich alles. Angefangen damit, was ich gestern an den Organ Cliffs gesehen habe, bis hin zu dem, was gerade eben am Kai geschehen ist.

Ravi legt sein Bündel mit Wurst und getrocknetem Zwiebelbrot auf den Boden, Tarym schüttet Wasser aus dem Wasserschlauch in kleine Holzbecher, die er aus einer eingestaubten Kiste zaubert, und sie hören mir aufmerksam zu. Dass ich verrückt bin, behauptet keiner von ihnen, und am Ende drückt Tarym mich noch einmal an sich und sagt: "You're right: it sounds horrible."

Das lässt mich wieder ruhiger werden. Denn er hat recht: Es klingt fürchterlich, und genau das war es auch.

"Didn't you feel anything when it happened?" frage ich ihn.

"No. Nothing. I **didn't** even **realize** that there was anything **wrong**. That's why I said you just went crazy for no reason."

Es ist unfassbar. Aber jetzt ist es vorbei und Ravi findet bestimmt eine Lösung. Zumindest hoffe ich das.

Tatsächlich zieht er die Stirn in Falten und zählt auf, was er für Fakten hält. "Let's see what we know. Gwenny is Garolan's daughter, but he can't see or hear her. I think we can be sure that this is something to do with the **figurehead**'s curse, **which** it seems she **repeats** at the same time every day, while everything is **frozen**."

didn't realize habe nicht mitbekommen
wrong nicht richtig
figurehead Galionsfigur
which den
repeats wiederholt
frozen erstarrt

At the same time every day? Soll das etwa bedeuten, dass das jeden Abend so weitergeht?

"I'm just saying what we know", sagt Ravi. "Both times you told us about were at the same time of day. At **nightfall**. The only ones who do not … can we say '**freeze**'?"

Er sieht mich fragend an und ich nicke. Erstarren, das trifft es gut.

"The only ones who do not freeze, as far as we know, are Gwenny, the wind priestess's daughter, Marla, and the strange figurehead on Howard's ship. So now we have to think about what these three have **in common**."

Ich denke angestrengt nach, aber mir will nichts einfallen, das ich mit diesen furchterregenden Frauen gemein haben könnte. Und ich hoffe, den anderen fällt auch nichts ein.

"It has to be something to do with the wind", sagt Tarym. "A wind priestess, a storm maiden, and … well, a figurehead sails with the wind. Hm."

"I think I can **guess**", erwidert Ravi. "The figurehead is not a figurehead at all. She looks like a wind spirit, remember? What if she *is* a wind spirit?"

"But then …", beginne ich und verstumme, weil ich es mir kaum vorstellen kann.

Aber Tarym beendet meinen Satz: "Then it could be Mandala or Kahelis?"

Ravi nickt: "That's what I think, yes. I think that one of the … people the king is looking for all over the island

nightfall Einbruch der Dunkelheit
freeze erstarren
in common gemeinsam
guess (es) erraten

is the … woman who is **bound** to Captain Howard's ship in the shape of a figurehead."

Taryms Augen leuchten. "**Which** could explain – wait! Ravi! You're a genius! Which could explain …"

"… how Captain Howard can sail through the storm when no one else can. Exactly."

Weil ein Windgeist sein Schiff steuert. Das leuchtet sogar mir ein.

Ravi spaziert, die Hände auf dem Rücken verschränkt, dozierend auf und ab. "Next question: what makes the storm wall around the island?"

"The figurehead's curse?", rate ich.

"**Well done**, storm maiden. My **guess** is that she **spoke** the curse before she was turned into the figurehead. Which brings us to the next question. The figurehead is a wind spirit. What is it that **forces** wind spirits into a human shape?"

"**Alchemy**", sage ich artig, denn das hat Ravi uns schließlich mehr als einmal erklärt.

"Right. So what does a human – like Howard, for example – need to control a wind-spirit-human?"

"A **soul stone**! Like in your book? You showed us the **spell** in your alchemist's book. Alchemists need a soul stone **in order to** control the wind spirit, **don't they?**", fragt Tarym aufgeregt. "Which means that Howard must have one."

bound gebunden
which was
Well done. Bravo.
guess Vermutung
spoke gesprochen hat
forces zwingt
alchemy Alchemie
soul stone Seelenstein
spell Zauberformel
in order to um zu
don't they? stimmt's?

Ravi nickt langsam. Er ist jetzt ganz konzentriert und ich stelle erstaunt fest, dass Taryms Antwort auch ihn überrascht hat.

"Right", sagt er gedehnt. "So there's your answer. Now we know that there is a way for us to leave the island and save your sister Rhyn and the others. It's not Howard who can get through the storm, it's the ship. But we have to find the soul stone."

lift aufheben
part Teil
cursed verflucht
not either auch nicht
should have drowned hätte überschwemmen sollen
shield Schild
protecting schützend

Das gefällt mir nicht. Wir können die Frau dort am Bug schließlich nicht an Howards Statt zwingen, nun uns tagaus, tagein durch den Sturm zu fahren.

Tarym nickt. "What we still don't know is how to **lift** the curse."

"And why didn't the curse work properly?", ergänze ich. "I mean: Garolan can't see me. That **part** is true. I can see Garolan, but maybe that's because I'm not one of the people who was **cursed**. I guess Garolan ca**n't** see my mother, **either**. Garolan is one of the people who was cursed, I'm sure of that. But what about the storm? What about the sea that **should have drowned** the island? Why is Maiden Bay still here? Why did the waves stop?"

Ravi schweigt, und das ist kein gutes Zeichen.

"Because", sagt da eine unendlich müde klingende Stimme aus dem Dunkel des Raumes, "because one of the wind spirits you are looking for is a figurehead, and the other is a **shield protecting** the island."

Ich bin mit einem Satz auf den Füßen und wirbele herum. Ich sehe gerade noch ein bläuliches Flackern, fast wie ein … *huschender Windhauch?* Die Helden aus Nurinais Geschichten kommen mir in den Sinn: Wäre ich jetzt ein Ritter, dann hätte ich in diesem Augenblick mein Schwert gezogen und es dem Gegner auf die Brust gesetzt. Aber ich bin kein Ritter und alles, was ich habe, ist Nurinais Foulard, den ich immer in meiner Tasche bei mir trage. Ich spüre, dass der Zorn in mir aufwallt wie eine weiß glühende Wand.

"One", sagt Tarym ruhig. "Two. Three."

"Four", sage ich, "Five. Six … thank you, Tarym."

"**May I introduce** you, Gwenny? This is Marla. The wind priestess's daughter. Don't worry, she won't hurt you. But you should listen to what she has to say."

Ich nicke, sehe Marla an, die aus dem Schatten getreten ist, weiche aber sicherheitshalber einen Schritt zurück. Wo ist sie eigentlich hergekommen? Saß sie schon die ganze Zeit über dort? Hätte ich sie dann nicht schon eher sehen müssen?

"Will you promise me you'll never do … *that* again? *Call* me, the way you did?"

Sie wirkt irritiert, dann nickt sie langsam. "So … it did work? I'm sorry. I didn't expect it to. It's how I call a wind spirit, you see. And I didn't expect you to … well … to be ..."

may I introduce darf ich vorstellen

"… to be a wind spirit?"

Sie nickt.

pinch zwicken
were born wurdest geboren
heartbeat Herzschlag
after nachdem
summoned heraufbeschworen hat
finished speaking ausgeredet hatte
decide entscheiden
choose wählen
meant bedeutete

"But I'm not. I'm human. And you don't have to **pinch** me to prove it."

Ich fühle mich vollends verwirrt. Sollte ich selbst nicht am allerbesten wissen, wer und was ich bin?

"All right, then … Marla. Can *you* tell me who I am?"

Ihre Antwort kommt schnell wie der Blitz und sie macht mich fassungslos. "You are Gwenny. You are the daughter of Garolan and Mandala. You **were born** twelve years ago, a **heartbeat after** Kahelis cursed your father and mother and **summoned** the storm. When Kahelis **finished speaking**, your mother had only a moment to **decide**. As long as they had their soul stones, both sisters were free to decide what they wanted to be – spirit or human. They were able to move between the two. But Mandala wanted to stay human. And Kahelis wanted to force her back. To make her a wind spirit again. So she made her **choose**: whether to save the island, which **meant** leaving her human form and losing you, Gwenny."

"Or?", flüstere ich heiser.

"Or to save you – only you – and leave the rest of us and the love of her life to die."

"But … I am alive, and the island is still here."

Marla lächelt traurig. "This is true."

"But how did that happen? And why?"

"Because", sagt Marla, aber ihre Stimme ist kaum mehr als ein Wispern. Ich verstehe, dass dies etwas ist, das sie nur mir allein sagen will. Die Worte dringen aus ihrem Mund wie das Flüstern des Windes und ich verstehe jedes einzelne, obwohl sie die Sprache der Windgeister spricht. So wie der Windgeist am Fenster von Howards Schiff. "Because Kahelis didn't understand the human heart. She had only storm feelings. She and Mandala were sisters. They shared everything. But when Mandala **won** Garolan's heart, Kahelis thought it meant that she **had lost** Mandala's love. Kahelis was **lonely**. You could say that she was **jealous**, in a way – but she didn't have human feelings, as Mandala did. And she didn't understand that humans will die for the ones they love. It was my mother who gave your mother time to **give birth to** you. And she **paid** for it with her life."

won gewonnen hat
had lost verloren hatte
lonely einsam
jealous eifersüchtig
give birth to gebären
paid hat bezahlt
immediately unmittelbar
vanished into thin air hat sich in Luft aufgelöst
held back hat zurückgehalten
froze erstarrte

Ich sehe sie fassungslos an. Ich weiß keine Antwort. Ich glaube, dass ich nie wieder irgendetwas werde sagen können.

"**Immediately** after she gave birth to you, your mother **vanished into thin air**. She **held back** the storm and saved the island. It was the first time that time **froze**, the way you saw today, at the harbour. And in those moments, I was able to move. Slowly, but I could. And so I **took** you and **put** you in Nurinai's arms. Then time **moved on**, but nothing would ever be the same. You are twelve years old now. And even though my mother decided to die so that you could live, I am glad to meet you, Gwenny, daughter of Garolan and Mandala, **half** human, half wind spirit, and Princess of Maiden Bay. Will you promise me that you will never forget the **nature** of the human heart?"

Ich nicke, absolut unfähig, ein Wort zu sagen. *Half wind spirit, half human. Princess of Maiden Bay. Garolan's daughter.*

"Then that is all that **matters**", sagt sie und wendet sich Tarym und Ravi zu, die uns mit großen Augen anstarren.

Ravi findet seine Sprache als Erster wieder. "That … was the language of the wind spirits, wasn't it? Do you think …"

"… that you can learn it?" Marla lacht. "No, I don't think you can."

Auch Tarym löst sich langsam aus seiner Starre. "We should go and find Garolan, and Aristales, and go back to Howard's ship."

"Marla, please, one more question." Ravi fasst sie am Ärmel und zieht sie zurück. "Who turned Kahelis into the figurehead?"

Marla schüttelt bedauernd den Kopf. "I don't know. It happened when I was far away. I don't think it was part of the curse. Or do you think Kahelis **punished herself**? She wants to be the storm, I know that."

took habe genommen
put habe gelegt
moved on schritt weiter voran
half halb
nature Natur
matters zählt
punished hat bestraft
herself sich selbst

In diesem Moment wird die Tür zu unserem Versteck aufgerissen.
"You want to go back to Howard's ship? Good idea. We'll take you there. But first: on the floor, all of you."
Und schon sind sie über uns: Howards Männer, die uns mit groben Tritten niederdrücken, uns an Händen und Füßen fesseln und uns ihre Entermesser in den Rücken drücken.
Wer hat uns verraten?, schießt es mir durch den Kopf. Und: *Wo ist Marla?*
"Ewww", höhnt da einer der Männer und zieht mich an den Haaren zu sich empor. "Look, Hansen: I**'ve got** the **freak**!"
"One", sage ich leise und ahne bereits, dass ich den Sturm dieses Mal nicht werde aufhalten können, "two …"
Da tritt mich einer der Männer, tritt mich mitten in den Bauch und alles wird schwarz.

have got
habe
freak
Missgeburt

The Song of the Storm

Sie sind fort. Es ist vorbei.

Ich bin der Sturm. Ich rase um die Klippen, rase über die Wellen des Meeres.

Meine Schwester schreit. Weine nicht, Schwester – ich komme! Ich hole dich! Ich tanze mit dir!

Wir tanzen die Erinnerungen fort, Schwester. Erinnerungen sind für Menschen. Wir aber tanzen und erinnern uns nicht. Wir tanzen, bis du wieder weißt, wer du bist. Wir tanzen, bis du vergessen hast.

Wo bist du, Schwester? Weshalb kommst du nicht?

Ich tanze, ich taumele. Kein Schritt ohne dich, Schwester, denn ohne dich bin ich – Ich kenne kein Wort dafür. Ich weiß nur, dass ich nicht tanzen kann ohne dich.

guide führe

Ich stolpere, falle.

Ein Schiff. Ein Mann. Er lacht. Seine Augen sind dunkel, die Stimme ein Fauchen. Wo bist du, Schwester? Warum kommst du nicht?

Es ist der Stein, der uns getrennt hat. Es ist der Stein, der uns noch immer trennt. Es ist mein Seelenstein, aber ich bin nicht Seele ohne dich, Schwester. Ich reiße an ihm und schleudere ihn fort ins Meer. Aber er versinkt nicht in den Fluten, er fällt auf das Schiff.

Der Menschenmann hebt ihn auf und ruft nach mir. Ich will seine Stimme nicht hören, sie schmerzt mich und reißt an mir. Ich will tanzen, aber du bist nicht hier. Wie Wintereis legt sich ein fremder Wille um mich.

“**Guide** my ship, storm sister.”

Der Fremde lacht. Ich aber schreie, schreie, wie du geschrien hast, Schwester.
Ich berühre das Holz. Ich berühre das Schiff. Ich bin das Schiff.
Eine Macht hält mich fest. Ich bin gefangen. Ein Mensch hält mich gefangen! Warum nur, Schwester, kommst du nicht?
Und ich lerne das Wort Verzweiflung.

Storm and **Flood**

Als ich wieder zu mir komme, ist alles greller Schmerz.

"Leave her! I said *leave* her, you bastard!", gellt eine Stimme in meinem Kopf, und ich brauche etwas Zeit, um zu verstehen, dass es Ravis Stimme ist. Sie klingt so hell, so voller Zorn, so ganz anders, als er sonst spricht – ruhig. Bedacht. Geordnet. Und dann diese Wortwahl. *Bastard.* Also wirklich. Wenn Nurinai …

flood Flut
impressed beeindruckt
did you manage hast du es geschafft
to trick auszutricksen
have hunted down hast zur Strecke gebracht
all by yourself ganz alleine
fall Sturz

Swoooossh! Ein Schwall kalten Wassers ergießt sich über meinen dröhnenden Kopf und schlagartig bin ich wieder bei Sinnen. Nur dass es mir nichts nützt, wie ich kurz darauf feststelle. Meine Hände und Füße sind gefesselt und meine Augen verbunden. Der Untergrund schwankt. Wir sind auf Howards Schiff. Und Howard höchstpersönlich steht vor uns.

"No tricks, boy", sagt er zu Tarym. "I must say, I'm very **impressed**. Not only **did you manage to trick** me and escape from the Organ Cliffs, you'**ve** also **hunted down** a wind spirit **all by yourself**. Well done, boy. What was your name again?"

"Tarym", knurrt Tarym. "Number 89."

"Oh, really?" Eine Pergamentrolle knistert. "It says here that number 89 died in a **fall**."

"**Murderer**!" Das war Ravi. Es folgt ein dumpfes Klatschen und ein Schmerzenslaut. Tarym aber schweigt. Und ich nehme mir ein Beispiel an ihm und versuche, trotz Schmerz und Verwirrung die Orientierung zurückzugewinnen. So wie Ravi es uns beigebracht hat: Frage um Frage und Schritt für Schritt. Dumm ist nur, ich bin gar nicht so gut darin. Trotzdem: Weshalb sind wir hier? Weshalb ist Howard so grob zu uns? Natürlich, er ist ein Mörder, wie Ravi zu recht gesagt hat, und wir sind nur drei Kinder. Nun ja, Tarym und insbesondere Ravi sind keine Kinder mehr, aber erwachsen sind wir auch nicht. Wie aber hat Howard uns aus unserem Versteck holen können? Tarym hat gesagt, wir wären sicher dort, es sei das Versteck der Straßenkinder. Wer außer uns kennt es? Marla und … die Straßenkinder.

murderer
Mörder

Gibt es überhaupt noch Straßenkinder, wenn sie doch alle von Howard zu den Organ Cliffs verschleppt werden? Hält Howard mich für einen Windgeist? Will er mich versklaven wie den Windgeist an seinem Bug? Vielleicht denkt er, dass ich gefährlich bin. Ich gäbe im Augenblick viel dafür, wirklich gefährlich zu sein. Tatsächlich aber fühle ich mich verletzlich und klein.
Howards Stimme reißt mich aus meinen Gedanken: "The sharks are waiting, Number 89. I'm asking you for the last time. *Where is her stone?* The stone you use to control your wind spirit?"
"Gwenny has no …", setzt Tarym an, aber plötzlich habe ich eine Idee und schon falle ich Tarym ins Wort.

"I'll tell you, if you promise not to hurt my friends!" Ich hoffe, dass ich das Richtige tue, und spreche einfach weiter. "It's not a stone. It's a **shell**. Tarym wears it on a necklace around his neck."

Zumindest hoffe ich, dass sie dort noch hängt: die Muschelkette, die ich Tarym vor, so scheint es, vier Menschenleben bei unserer Abfahrt aus Windhag als Glücksbringer geschenkt habe.

"Oho", knurrt Howard, "the wind spirit is awake at last." Kurz hält er inne, irritiert, wie mir scheint. Verdammt, sicher mache ich irgendetwas falsch. Vielleicht verhalte ich mich gerade ganz und gar nicht wie ein Windgeist, weil ich mich um das Wohlergehen meiner Freunde sorge? Aber, verflixt und zugenäht, woher soll ich wissen, wie Windgeister sind?

Doch dann siegt die Gier und Howard wendet sich an Tarym: "Give me the shell!"

shell Muschel
used pflegten

Tarym hat offenbar verstanden, was ich will – zumindest gut genug, um sich jetzt zu sträuben, seine Muschel herauszugeben, was meine Worte umso glaubwürdiger macht.

"Give it to me, Tarym", sagt da eine Stimme, und ich erkenne sie sofort: Jaden. Der Junge von den Organ Cliffs, den wir auf Howards Schiff getroffen haben.

"I thought I could trust you", zischt Tarym, aber Jaden lacht nur.

"'We are the children of the cliffs and we never let each other down'", sagt er. "That's what we **used** to say. But you have to know when **to give up**. That's something you never learned, Tarym. We're not **heroes**. We're all just trying to **survive**."

Und da weiß ich, wer unser Versteck verraten hat. Meine Gedanken überschlagen sich: Wie sollen wir es nur ohne Aristales, Garolan und seine Männer mit Howard aufnehmen? Was können wir tun? Vorgeben, die Muschel habe magische Kräfte wie … nun, eben wie ein Seelenstein? Ich habe nicht die geringste Ahnung, was für Kräfte ein solcher Stein tatsächlich auf einen Windgeist ausüben kann. Aber ich erinnere mich an das Gefühl, das Marla mir am Hafen vermittelt hat: gerufen zu werden und folgen zu müssen, ohne es zu wollen. So muss es sein – vielleicht noch schlimmer.

Howard scheint mittlerweile die Muschel in Händen zu halten. Er weist einen Seemann an, die Fesseln an meinen Füßen zu lösen. "Rise!", befiehlt er mir daraufhin. "Come here!"

Ich stehe ungelenk auf, als sträubte ich mich dagegen, und gebe mir auf dem Weg auf seine Stimme zu große Mühe, überall anzuecken und anzustoßen. Er soll mir diese verdammte Augenbinde abnehmen!

to give up aufzugeben
heroes Helden
survive überleben

Nachdem ich zwei Dreibeine – vermute ich – umgeworfen habe, lässt Howard mir tatsächlich die Binde abnehmen und ich blinzle in das blasse Gelb der Morgensonne von Maiden Bay. *Morgensonne?* War ich so lange bewusstlos?

Folgsam tappe ich weiter auf Howard zu und sehe aus den Augenwinkeln Tarym, der zusammengesunken am Boden liegt, und Ravi, dessen Kleider zerrissen, dessen Haar wirr und offen und dessen Gesicht voller Ruß und Schmutz ist. Ich verstehe: Ravi muss sich den Ruß noch in unserem Versteck ins Gesicht geschmiert haben. Er will unerkannt bleiben, hält den Kopf gesenkt. Und sieht tatsächlich ein klein wenig aus wie ein verdrecktes Straßenkind. Er schaut mich an und pustet sich eine Haarsträhne aus der Stirn.

“We should *not count* on you any more, Gwenny”, sagt er zu mir.

Howard lacht zufrieden, während ich mich frage, ob Ravi denn wirklich nicht verstanden hat, was ich hier gerade zu tun versuche, und warum er diesen seltsamen Satz sagt und ihn noch dazu so seltsam betont. Egal, ich muss so tun, als sei ich eine Marionette in Howards Händen. Und genau das tue ich.

Howard untersucht die Wirkungsweise der Muschel. Er lässt mich hin und her laufen und befiehlt mir, mir einen Eimer Wasser über den Kopf zu schütten. *One*, zähle ich stumm, *two, three* … Ich tue, was er mir befiehlt, bis er von mir ablässt und ich erschöpft zu Boden sinke. Ich denke nach. Howard glaubt, mich in seiner Gewalt zu haben. Und ich ahne, was er vorhat: Es geht um ein zweites Schiff. Ich soll ein zweites Schiff steuern. Aber so weit wird es nicht kommen. Ich bin kein Windgeist, ich kann kein Schiff steuern. Und die Muschel ist nichts weiter als eine Muschel.

Aber was soll ich tun? Was kann ich gegen Howard ausrichten? Wie soll ich seine Mannschaft überwältigen? Ravi und Tarym können mir nicht helfen. Howard lässt sie unter Deck sperren. Sie sind unerreichbar für mich und ich fühle mich ratlos und schrecklich allein. Aber da! – Plötzlich huscht ein Schimmern durch die Luft, ein sehr helles Blau, fast wie Windseide so hell. Ich kneife die Augen zusammen. Was ist das? Es flackert, huscht dicht an mir vorbei, als wolle es mich trösten – und ist verschwunden. War das ein Windgeist? Aber ich muss mich geirrt haben, denn niemand sonst hat ihn bemerkt.

Der Tag vergeht. Ich kann nichts tun als hier an Deck zu sitzen und abzuwarten.

Die Seeleute beladen das Schiff mit zu schimmernden Stoffen verarbeiteter Windseide und anderen Waren. Niemand beachtet mich. Ich verhalte mich still. Howards Männer reden miteinander, verwünschen die Wand aus Sturm, verwünschen die Organ Cliffs. Ich lausche.

Und so erfahre ich, dass Kapitän Howard Kahelis seit jenem Tag, an dem der große Sturm über Maiden Bay kam, zwingt, sein Schiff zu steuern. Als der Sturm über Garolans Hochzeit hereinbrach, hat Kahelis versucht, ihren Seelenstein fortzuschleudern. Er war an einer Kette befestigt, ein Amulett. Doch statt in die Wellen zu fallen, schlug es auf das Deck von Howards Schiff, und Kahelis, gebunden an den Stein, fiel neben ihn. Howard verfluchte den Sturm, bat, er möge sein Schiff verschonen – und er sah, dass seine Bitte erhört wurde. Da erkannte er, welche Macht er mit dem Stein in Händen hielt. Er zwang Kahelis an den Bug. Sie hatte keine Möglichkeit, sich ihm zu widersetzen. Sie wurde Teil seines Schiffes, seine Gefangene. Wie ich.

Am späten Nachmittag kommen Aristales, Garolan und seine zwei Wachen auf das Schiff und bitten um ein Gespräch. Offenbar geht es meinem König und Aristales um die Rückreise durch die Sturmwand. Um eine schnelle Rückreise, am besten heute noch. Und es geht um viel, viel Gold.

Warum soll die Rückfahrt gerade jetzt erfolgen? Ich verstehe nicht ... Welchen Plan verfolgt Garolan? Verfolgt mein ... Vater? Ich betrachte ihn, während er mit Howard spricht. Betrachte ihn von dem geschützten Platz hinter einer Segelrolle aus, wo Howard mich hat hinführen lassen. Jaden, ausgerechnet Jaden soll mich bewachen. Er grinst spöttisch auf mich herab.

Ach, wenn Garolan mich doch sehen könnte! Ich würde ihm gern so vieles erzählen. Ihm um den Hals zu fallen und ihm zu sagen "I am your daughter" stelle ich mir wundervoll vor.

Doch alles kommt anders. Und es geht plötzlich sehr schnell.

Aristales, der die Verhandlungen führt, und Howard werden sich handelseinig.

Eine unvorstellbar hohe Summe wechselt den Besitzer.

Howard lässt die Anker einholen und Segel setzen.

Er wendet sich ab, macht ein paar Schritte in meine und Jadens Richtung. Greift unter sein Hemd und zieht eine

Kette hervor. Kurz darauf hält er etwas in Händen, das gleißt und funkelt wie die Sonne. Reibt leicht daran und sagt: "**Set sail!**" Und das Schiff setzt sich zielstrebig und schnell in Bewegung, auf die Sturmwand und die Orgelfelsen zu.

Jetzt, wo ich es in Howards Händen sehe, erkenne ich es gleich. Nicht nur von den Zeichnungen in Aristales' Unterlagen her, sondern auch, weil ich *spüre*, was es ist. Ein Amulett. Ein Seelenstein. Der Seelenstein eines Windgeistes.

Set sail! Setzt die Segel!
kill tötet

Und dann denke ich nicht mehr nach, dann handele ich. Ich tauche unter Jadens schnellem Griff weg, springe vor und reiße Howard das Amulett aus den Händen. Er ist zu perplex, um reagieren zu können, und ich halte nicht inne und renne weiter, auf Aristales und meinen Vater zu. Sie werden wissen, was zu tun ist. Sie werden uns retten. Sie werden …

"Nooo!", schreit Aristales.

"Nooo!", schreit Ravi, der mit Tarym an Deck stürmt.

"**Kill** them!", schreit Howard – und in diesem Moment erkenne ich, dass ich alles, alles, alles falsch gemacht habe. Ich ahne, was der bläuliche Schemen war, den ich am Nachmittag gesehen habe: Es war Marla, und sie hat Tarym und Ravi aus dem Schiffskerker befreit. Sie ist eine Windpriesterin, verdammt! Sie ist wie aus dem Nichts in unserer Zuflucht aufgetaucht und war plötzlich wieder verschwunden! Ich hätte es *wissen* müssen! Ich begreife, warum Garolan und Aristales hinter die

Sturmwand wollten: Sie wissen von Marla, wie man das Schiff steuert. Hinter der Sturmwand warten Garolans Männer und die sind Howards Männern weit überlegen. Garolan wollte die Sturmwand durchqueren und dann Howard angreifen. Aber jetzt … Ich sehe, dass die Sturmwand noch weit entfernt ist, und erkenne, dass Howards Männer viele sind und Waffen haben. Wir haben keine Chance.

Und so fälle ich blitzschnell eine Entscheidung. Wenn wir schon untergehen, wenn wir von Howards Mannschaft zu Boden geprügelt werden und mein Vater sterben muss, ohne dass er mich je gesehen hat, dann will ich zumindest alles versucht haben, um es zu verhindern. Deshalb springe ich entschlossen auf die Reling, reibe den Seelenstein in meinen Händen und rufe: “Come, Kahelis! Please! Come and protect us! Help us! Now!”

Mein Schrei geht fast unter, denn überall um uns sind Howards Männer. Garolan zieht sein Schwert und Aristales seinen Dolch, aber was nutzt das schon … Drei Männer, ein Alchemist, sein Lehrling, ein Schiffsjunge, eine Windpriesterin und ein Windgeist-Wechselbalg gegen eine Rotte skrupelloser Piraten mit Säbeln und Entermessern?

Und Kahelis kommt nicht.

Howard starrt mich an, versucht, mich einzuschätzen. Die Frage, die ihn umtreibt, steht ihm ins Gesicht geschrieben: *What are you and what are you doing?*

Als er meinen ratlosen Gesichtsausdruck sieht, lacht er und springt auf mich zu.

Und Kahelis kommt noch immer nicht.

Aber vom Bug des Schiffes höre ich einen Schrei, ganz hell und klar: "***Release*** *me!*" Und als ich ihn höre, als ich *Kahelis* höre, weiß ich, was ich tun muss. Sie ist angekettet, in menschlicher Gestalt. Sie *kann* nicht kommen. Sie *kann* nicht über sich selbst bestimmen ohne ihren Seelenstein. Und um sie zu Wind werden, um sie sich befreien zu lassen, müsste ich den Stein zerstören, und auch das vermag ich nicht. Ich renne los, in Richtung des Bugs, das Amulett fest umklammert.

release gebt frei
needs to touch muss berühren

Aber ich habe zu lange gezögert und Howard ist schon fast bei mir. Auch Jaden rennt auf mich zu. Was soll ich tun? *Was soll ich tun?* Da springt Aristales vor, reißt mich hinter sich, ruft: "Run, Gwenny! Run! Put the amulet around her neck! She **needs to touch** ..." – und verstummt, als Howards Dolch ihn trifft.

"Fool!", schreit Howard und versucht Aristales abzuschütteln, der sich mit letzter Kraft an ihn klammert.

"Nooooo!", schreit Ravi, und es tut mir so leid, so leid, ich wollte doch nicht ...

Und ich renne, renne zum Bug des Schiffs, das noch immer in atemberaubender Geschwindigkeit über die Wellen prescht, als peitsche Kahelis' Zorn es an. Dann stehe ich am Bug, auf der Reling, blicke hinab, sehe Kahelis, die Augen weit geöffnet. Sie blickt zu mir herauf – sie ist zu weit entfernt! Wie kann ich sie erreichen, ohne in die Fluten zu fallen und zu ertrinken?

Ich zögere, blicke zurück. Howard hat Aristales abgeschüttelt. Gleich ist er bei mir, Jaden dicht auf seinen Fersen. Alles ist verloren.

Da verstehe ich, was Ravi mir hat sagen wollen: *We should not count any more!* Ich zähle nicht mehr. Ich sammle all meinen Zorn. Und der Wind kommt, er erfasst Howard und Jaden und schleudert sie zurück. Aber das hilft mir nicht, denn da sind seine Männer, zu viele …

We will die when we die, but let's live without fear, höre ich wieder das alte Lied von Nurinai in meinem Kopf. Mein Mantra. Jetzt gilt es.

Und deshalb denke ich nicht nach und springe.

Ich falle.

Der Bug des Schiffes rast auf mich zu.

Der Wind zerrt an meinen Haaren.

Ich weiß, dass ich sterben werde, und alles, was zählt, ist, ob es mir gelingen wird, im Fallen den einen, den einzig richtigen Augenblick abzupassen, in dem ich Kahelis das Amulett um den Hals werfen kann.

Es kann niemals gelingen.

Und es gelingt mir doch.

Ich streife Kahelis' Kopf, werfe die Kette darüber, würde mich so gern festhalten an ihr, aber das darf ich nicht. Die Kette würde reißen.

Ich lasse los.

In dem Moment bricht das Inferno über das Meer herein. Der Himmel wird gleißend hell, als die stete Dunstglocke um die Insel verschwindet – und jemand mich auffängt.

Mich festhält, mich umarmt und mit sich in die Höhe zieht. Die Figur am Bug löst sich auf und Kahelis steht vor uns in der Luft, zitternd, die Augen weit. "Sister ...", sagt sie und in ihrer Stimme schwingt so viel Verzweiflung, dass ich es kaum ertragen kann. "Sister, my sister – forgive me for what I did. I couldn't **bear** to see you becoming human. I couldn't bear to lose you."
Und eine Stimme in meinem Rücken antwortet ihr: "Sister, my sister, you know that I will always love you. And I love the man I wanted to marry. And I love this girl **lying** here in my arms. I must leave you now, Kahelis, but know this: we will always be **together** in my heart."
Kahelis sieht diejenige an, die mich hält, und langsam verändert sich der Ausdruck in ihren Augen. "Sister ...", sagt sie noch einmal.

bear ertragen
lying liegend
together zusammen

Dann ist sie verschwunden.
Und da weiß ich, wer mich hält. Meine Mutter! Meine Mutter ist gekommen, um mich zu retten! Ich lebe noch! Und das heißt ...
Ein Blick zum Horizont bestätigt meine schlimmsten Befürchtungen: Die Flutwelle rollt auf uns zu. Und dieses Mal gibt es niemanden, der sie zurückhält, denn meine Mutter ist hier, bei mir. Ein ohrenbetäubendes Rauschen erhebt sich und das Erste, was fallen wird, sind die Organ Cliffs und –
"Rhyn!!! No!" Taryms Schrei unten auf dem Schiff zerreißt mir das Herz.

"Let me go!", rufe ich über das Tosen. "Mother, let me go! Save them!"
Ich wende mich um und sehe ihr zum ersten Mal in meinem Leben in die Augen. Sie sind fremd und doch vertraut, so anders als die Augen von Kahelis. Kein Sturm tobt darin, nur die sanfte Brise, die im Sommer sacht über die Felder streicht.
Sie spricht zu mir, sanft und leise: "Everything is coming to an end, and everything **is beginning**. I trust my sister. She is a part of me. The **most important** thing I learned from her is to trust, and it is a lesson I will never forget. We have to trust each other."
In ihren Armen, hoch über dem Schiff, sehe ich, wie Ravi Aristales' leblosen Körper mit dem seinen schützt, sehe, dass Tarym, Garolan und seine zwei Männer gegen Howards Leute nicht mehr lange werden durchhalten können. Und ich sehe, dass das Schiff auf die Flutwand zurast und Kahelis es nicht hindurchgeleiten wird.
"Mother! Mandala!", rufe ich unter Tränen. "Why don't you save the ship?"
"Trust me", wiederholt sie nur. "Trust my sister."
Und da sehe ich sie, Kahelis, und hinter ihr einen Streif flackernden Blaus, der auf die Organ Cliffs und die Sturmwand zuschießt – Marla!
Ein Ruf erfüllt die Luft, lauter noch als das Tosen und die Schreie, und ich erkenne Kahelis' Stimme. "Storm!", ruft sie. "**Arise!**"

is beginning
beginnt
most important
wichtigste
Arise!
Erheb dich!

Und die Windgeister erheben sich von den Organ Cliffs, sammeln sich, teilen sich und rasen der Flutwelle entgegen, die Kahelis vor zwölf Jahren im Zorn ausgesandt hat, um Maiden Bay in die Tiefe zu reißen. An jenem Tag, als sie aus Eifersucht meinen Vater verfluchte, seine Frau und seine Tochter niemals mehr sehen zu können. An dem Tag, an dem meine Mutter zu einer Windglocke wurde, die die Insel beschützte. Dem Tag, von dem an die Stunde des Fluches sich wieder und wieder wiederholte, bis der Fluch sich erfüllen und die Flutwelle weiterrasen konnte. Dem Tag meiner Geburt.

Kurz bevor die Flut die Organ Cliffs erreicht, treffen Urgewalt und Windgeister aufeinander. Wie eine Decke aus Sturm legen sie sich über die Flutwelle, drücken sie nieder. Und da erst schießt Mandala mit mir in ihren Armen hinab, setzt mich auf dem Schiff ab, direkt neben Garolan. Sie breitet die Arme aus und hält das Schiff im Gleichgewicht, während die baumhohe Welle es in die Höhe reißt wie ein Blatt im Wind.

Ich aber breite meine Arme schützend über meinem Vater aus, der bewusstlos auf den Planken liegt, und weine.

Als meine Tränen seine Augen berühren, öffnet er sie und sieht mich an.

The Song of the Storm

Ich bin frei wie der Sturm. Ich tanze, wiege mich im Wind. Ich höre die Stimmen tief unter mir.

"Rhyn! Oh, Rhyn! You're safe! You're safe!"

"Aristales! Will he live? Oh, Aristales ..."

"We are the children of the cliffs, and we never let each other down."

"Marla! Come here! You were ***amazing****! You were absolutely amazing! You have to explain me how it works – how you are able to fly! Let me* ***embrace*** *you, you wonderful wind priestess!"*

"We are alive! We are alive!"

"Gwenny ... my daughter ... Mandala, my love ..."

amazing erstaunlich
embrace umarmen

Und ich verstehe das Wort menschlich.

Und höre das Lied:

"Storm sister, wild sister, ease all my pain,
So lovely your touch, and so gentle the chain
That circles my heart with an endless refrain:
Believe me, my love, I will see you again."

Es ist richtig so. Unsere Wege trennen sich.
Der Sturm verebbt und kein Zorn bleibt zurück.
Wir sind frei, endlich frei.
Und ich lerne das Wort Liebe.